호프

호프

천 지 윤 장편소설

차 례

1. 생존
007

2. 자존
099

3. 공존
195

작가의 말
291

생존
살아있음, 또는 살아남음

1. 7일 0시간 0분

조이는 아무런 저항 없이 거칠어지는 숨결을 느꼈다.
"나 이제 죽는 건가?"
힘겹게 팔을 들어 올린 조이는 자기 왼손바닥에 적힌 숫자를 읊조렸다.
"7일 1시간 30분…, 이만큼 수치가 떨어진 건 처음인데…."
본인이 언제 죽을지 알고 죽은 이들은 이 세상에 몇이나 되었을까 생각하며. 그래도 자신 정도면 행복한 축에 속한다고 되뇌었다. 딱 한 가지 아쉬운 것은 있었지만 말이다.
바로 가족. 소중한 이들을 남기고 떠나야 한다는 사실 단 하나가 조이의 유일한 아쉬움이었다. 창문 너머 어두워진 밤하늘을 잠시 멍하니 올려봤다.
"온통 검은색이네."

조이는 '자기만의 공간이 중요하다며 이 문을 여는 걸 참 싫어했는데.' 생각하며 16살 아들의 방문을 조심스럽게 열었다. 조이가 마루에게 다가가서 머리를 쓰다듬어 주려 떨리는 손을 뻗었다.

"으음, 엄마?"

"이불 덮고 자야지."

"더워…."

조이가 마루에게 이불을 덮어주자, 마루는 표정을 찡그리며 이불을 더 걷어차고는 다시 깊은 잠이 들었다. 그런 마루를 보고 조이는 피식 웃었다.

"어휴, 말 참 안 들어. 아빠랑 똑 닮았어, 아주."

마루는 무슨 꿈을 꾸는지 다양한 표정을 지었다. 조이는 그런 마루의 표정을 하나씩 하나씩 두 눈에 담았다.

"저장 완료."

천천히 마루의 방문을 닫은 후, 조이는 리아의 방이라고 적혀있는 방문 앞에 섰다.

"하아…, 후."

조이가 아까보다 더 조심스럽게 양손으로 문고리를 잡았고, 소리 나지 않게 살짝 문고리를 돌려 방문을 열었다. 3살짜리 딸에게 팔베개를 해주고 잠든 남편이 보였다. 남편은

딸에게 이불을 덮어주고 토닥이다 무거워진 눈꺼풀을 이기지 못한 채 잠든 듯했다.

"어휴, 이불 좀 덮지."

해솔은 그런 사람이었다. 자신이 이불을 덮지 않아도 조이만 이불을 덮는다면 웃으며 잠이 드는 사람. 한쪽 팔로는 팔베개를 해주고, 남은 한쪽 팔로는 안아주며 토닥여 주던 사람. 사랑하는 이에게 자신이 누릴 수 있는 것들을 모두 내어주는 사람. 자기 사람이라 여기는 이들은 끔찍하게 챙기는 그런 사람이었다.

"희망…, 나의 희망…."

미술관 전시회에서 한 폭의 아름다운 그림을 감상하는 관람객처럼 조이는 그렇게 한참을 넋을 놓고 리아와 해솔을 두 눈에 담았다.

"저장 완료."

해솔에게 '이불을 덮어줄까?' 고민하던 조이는 혹시 그가 잠에서 깰까 봐 포기했다. 해솔이 일어나면 곤란해진다. 가고 싶지 않을 것이다. 남은 시간을 이곳에서 보내고 싶을 게 확실했다.

조이는 해솔이 얼마나 노력했는지, 함께할 수 있기를 얼마나 간절히 바랐는지 누구보다 잘 알았다. 조이를 위해 현재

기술로 불가능할 것 같던 맞춤형 생체 시계까지 만들어낸 그였다. 시간이 얼마 남지 않았다는 걸 해솔에게 알리지 않은 이유도 떠나야 했기 때문이었다. 해솔은 항상 얼음 같은 조이를 녹여줬다. 포근하고 안락했다.

"흔들리면 안 돼."

하지만 그 포근함이 자꾸 조이를 안주하게 했다. 매번 그 안락함 때문에 매번 조이는 발목을 잡혔다. 조이는 차가움을 유지해야 했다. 더 이상 따뜻함은 그녀에게 사치였다.

"약해져선 안 돼."

조이는 오른손으로 자기 가슴을 토닥였다. 그래도 이만큼 버티며 나름대로 희망을 보았으니 만족했다. 365일하고도 며칠을 더 버텼으니. 누군가에게 조금만 더 백신이 발전한다면 바이러스에 이길 수 있다는 한 줄기의 빛이 되기는 했으리라 생각했다.

손바닥을 펼쳐 생체 시계를 확인했다.

- 7일 0시 3분,
- 7일 0시 2분,
- 7일 0시 1분.

곧이어 시계가 7일 0시 0분으로 바뀌었다.
"1분, 1분이 참 더럽게 빠르네."
조이가 리아의 방문을 서서히 닫았다.
"시간이 없어. 가야 해."
조이는 크게 숨을 내쉬고 서둘러 밖으로 사라졌다.

2. 이별

해솔은 잠에서 깬 후, 약을 챙겨 조이가 있는 방으로 향했다. 해솔의 아침 일과 중 가장 먼저 하는 일은 조이에게 약을 먹이고 조이의 상태를 확인하는 것이었다. 방문을 열었는데 조이가 없었다.

쿵.

예기치 못한 일은 '쿵'하고 떨어진다. 살아가면서 힘든 시기는 정말 많다. 그중에서도 손에 꼽게 속상한 순간은 본인이 선택하지 않은 일로 아파야 할 때다. 해솔에게 선택권조차 주어지지 않은 그 괴로운 순간이 바로 지금이었다.

해솔이 마주한 것은 조이가 아니라 그녀가 남긴 영상이었다. 영상 속 조이는 체념한 듯 왼손바닥을 펼쳤고, 반대 손으로 130일 7시 0분이라고 적혀있는 부분을 뜯어냈다.

"보다시피 8일 남았어. 10일 이하로 떨어진 적은 없었는데. 그렇지? 아무래도 마지막 인사가 될 것 같아. 느껴지는 몸의 변화가 이번에는 좀 달라. 약을 먹어도 손바닥 숫자가 올라가지 않아. 당신이 날 살리려고 얼마나 애썼는지 잘 알아. 정말 고마워. 속여서 미안해. 다시 돌아온다는 지키지 못할 약속은 하지 않을 거야. 그리고 백신이라는 큰 짐을 떠넘기게 돼서 미안해. 내가 하지 못한 일을 당신이 해줘. 그래서 마루도 리아도 꼭 지켜줘."

해솔은 영상 속 조이를 보며 선뜻 입을 떼지 못했다. 이렇게 갑자기 사라진다고? 기가 찰 노릇이었다. 조이는 미안하다는 말이 서툰 사람이었고, 고맙다는 말도 참 못하는 사람이었다. 미안하다, 고맙다는 말 대신 일을 맡기는 걸로 사과와 감사함을 표현하는 그런 상사였다. 그런데, 그런 조이의 입에서 미안하다는 말을 들었다. 이상했다. 정말 이상했다.

"도대체 어디를 간…."

멈춘 줄 알았던 영상에서 조이의 흐느끼는 소리가 흘러나왔다. 해솔은 영상 속 조이와 눈을 맞추었다. 매 순간 이성적이었던 조이의 낯선 모습에 해솔의 온몸이 뻣뻣하게 굳어버렸다. 그렇게 지독한 바이러스와 싸우면서 한번을 울지 않던 그녀가, 해솔이 눈물을 보일 때마다 웃음으로 답했던 그녀가 울고 있었다.

"사랑…, 사랑해."

사랑해. 조이의 입에서 사랑한다는 말이 나온 것은 처음이었다. 해솔은 매번 그 말을 듣고 싶었다. 간절히 바라던 아름다운 말을 간절히 바라지 않던 이별의 순간에 듣게 된다니. 이 순간에 그 말이 흘러나올 줄은 꿈에도 몰랐다. 그리고 마지막 순간을 함께하지 못할 거라 상상도 못했다. 혹시라도 조이와 마지막 순간이 온다면 손을 꼭 잡아주고 그 옆을 지켜주는 그림을 그렸었다.

"나도, 사랑해…."

울고 있는 영상 속 조이를 바라보며 해솔도 흐느꼈다. '사랑한다고 말할 수 있을 때 더 많이 사랑한다고 말할걸, 왜 괜한 자존심을 부렸을까?' 돌려받지 못한다고 서운해하며 마음을 표현하지 않았던 모든 순간이 후회되었다. 그 후회는 오로지 해솔의 몫이었다.

"나와의 헤어짐이 강해솔의 인생에서 새로운 시작이었으면 해. 제2막 말이야. 그러니까 마지막 인사를 해줘. 우리 했던 약속대로."

잠깐의 정적이 흐르고, 이내 해솔은 소리 내서 웃었다.
"하하하…, 하하하…, 하하."
해솔의 입꼬리가 올라가 있었다. 눈에서는 눈물이 뚝뚝 떨어졌다. 참으로 기이했지만 어쩔 수 없었다. 그녀와 한 약속이니까. 이게 그녀가 원했던 마지막이니까.

해솔은 조이가 해맑게 웃던 순간을 떠올렸다. 차를 마시는 해솔을 보던 조이는 미소를 지었다.
"왜 웃어?"
해솔도 그런 조이를 보고 웃으며 물었다. 조이는 머리를 질끈 하나로 꽉 묶고는 해솔의 입술을 가리키며 웃었다.
"입에 거품 묻었어."
"아…."
해솔은 당황하며 고개를 숙이고 양손으로 입술을 닦았다.

고개를 든 해솔은 엄지손가락과 검지로 티슈를 잡고 흔드는 조이를 보고 아차, 싶었다. 휴지로 닦으면 되었는데, 체면이 구겨졌다는 생각이 들어 해솔의 얼굴이 새빨개졌다. 멋쩍게 웃는 해솔을 보고는, 조이는 또다시 피식 웃었다.
"나 인기 엄청 많은 거 알지? 근데 내가 왜 당신을 선택한 줄 알아?"
"왜?"
"웃겨서. 당신은 항상 날 웃게 해. 예상치 못한 포인트에서."
조이의 말을 듣고 해솔이 덧니가 보이게 활짝 웃었고, 조이는 가지런한 하얀 치아를 내보이며 깔깔거렸다. 조이가 웃자, 해솔도 기분이 좋아져 더 크게 웃었다. 깔깔 웃던 조이는 이내 쌕쌕거리며 가래가 가득 찬 듯 콜록거리기 시작했다.
"혹시 내가 죽으면 울지 말고 지금처럼 웃어줘."
"죽다니 무슨 그런 재수 없는 소리를 해."
"꼭 웃어줘."
"뭐라는 거야. 자꾸!"
"희망을 찾기 위한 첫걸음은 바로 웃는 거니까. 당신 나 엄청나게 좋아하니까. 내가 당신 희망이잖아. 내가 사라지고 나서 당신이 무너지는 건 싫어."

"안 죽어, 내가 살릴 거야."
"알겠어. 그래도 혹시 모르니까. 마지막 인사는 꼭 웃는 걸로 약속해."
"…."
"얼른 약속해!"
"…알겠어."

그래서 해솔은 멈춰버린 영상 속 조이와 시선을 맞추며 웃었다. 모든 걸 잃어버린 것만 같아서. 잃어버린 희망을 찾기 위해서.

3. 실종

해솔은 떨리는 목소리로 실종전담반 형사의 표정을 살폈다.
"소식 있나요?"
형사는 고개를 절레절레 저었고 해솔은 고개를 끄덕였다.
"아니요."
"내일 다시 올게요."
"매번 이렇게 힘들게 오시지 말고 페이스 통화로 물어보셔도 됩니다. 버튼 하나면 가능한 그런 세상이지 않습니까?"
축 늘어진 해솔의 뒷모습을 보곤 형사들은 괜히 마음이 짠해졌다.
"아이고, 찾아온다고 달라질 게 하나도 없는데."
"또 오셨네요. 아내가 사라지고 매일 오네요."

"그러게, 말이야."

해솔은 건물 밖으로 나와 터벅터벅 걸어서 버스정류장으로 향했다. 조금 뒤, 은색 버스가 도착했다. 요금 결제기에 손등을 대자 삑, 인식하는 소리가 났고 무인 버스에 탑승했다. 해솔은 버스에 타자마자 바로 보이는 비어있는 좌석에 앉았다.

"예전엔 여기가 운전석이었는데…. 사람이 운전했던 때가 언제였더라?"

해솔은 중얼거리며 생각에 잠겼다. 가장 앞에서 사람이 운전했었던 그런 시절이 있었다. 하지만 이제 운전은 사람의 몫이 아니었다. 운전뿐만 아니라 많은 부분에서 인간은 기계의 뒤에 자리하는 게 익숙해졌다.

버스가 앞으로 가다 멈출 때마다 창문과 해솔의 머리가 탁, 탁, 탁, 부딪혔다. 휙휙 빠르게 지나가고 사라지는 바깥세상을 바라보며 해솔은 몸을 버스에 맡겼다.

탁,
　탁,
탁,

　탁,

탁,

　　탁.

　몇 번이나 창문과 머리가 부딪쳤을까? 해솔은 멍하니 밖을 바라보다 고개를 푹 숙였다.

　"보고 싶어…, 어디에 있는 거야. 대체."

　유난히 더 조이가 생각나는 날이었다. 조이가 사라지고 달라진 건 없었다. 하지만 조이의 그 어떤 생활반응도 나타나지 않았다.

　"시체를 찾지 못했어. 죽지 않았을 거야. 그래. 죽지 않았어. 찾을 수 있어."

　해솔은 어렵게 생각하지 않기로 했다. 조이가 살아있다는 한 가지 가정만 하는 걸로, 그 생각 외에 다른 생각을 하지 않기로 말이다. 일단 하나의 목표만 보고 앞으로 나아가기로 했다. 그래야 한 걸음이라도 내디딜 수 있을 것 같았다.

　해솔은 버스에서 내려 곧장 연구소로 향했다. 연구소 출입구 안내대에서 안드로이드가 인사를 건넸다.

　"안녕하세요. 오늘 하루도 좋은 일만 가득하세요."

　몸을 90도로 구부려 인사를 하는 안드로이드를 보며 해솔은 나지막하게 말했다.
"기계는 정이 없어. 늘 똑같아."
안드로이드에게 가볍게 목을 구부려 인사를 한 해솔은 연구실로 올라가는 엘리베이터에 몸을 싣고 생각에 빠졌다.
"예전 안내대에 있던 청년이 싹싹하니 좋았는데. 매번 인사말도 다르고, 머리카락 색도 파란색으로 염색하고. 갑자기 그만뒀다고 하던데 잘 지내려나. 기계는 생기가 없어⋯."
생각을 이어 나가는 도중, 엘리베이터가 멈췄다.
"얼른 내려야지."
해솔은 목을 좌우로 움직였다. 뚝뚝, 목에서 소리를 내며 엘리베이터에서 내려 연구실로 향했다. 해솔은 직장 상사 조이가 남긴 일을 해결해야 했다. 조이가 넘겨준 백신연구소 소장의 자리는 생각보다 무거웠다. 백신을 만드는 일도, 그녀의 빈자리를 지키는 것도 모두 힘겨웠다.
"하아⋯."
고민에 빠진 해솔의 등을 누군가 툭, 쳤다. 오랜 동료인 백신연구소 부소장 가온이었다.
"오늘은 뭐래?"
"똑같지, 뭐⋯."
한숨을 푹 쉬는 해솔에게 가온은 가져온 차를 건네고 조심스럽지만 단호한 목소리를 내었다.
"이제 그만 놓아주는 건 어때? 그 정도면 할 만큼 했어. 조이도 네가 이러고 있는 모습을 원하지 않을 거야."
해솔은 말없이 차를 홀짝홀짝 마셨다. 컵에 바닥이 보일 때가 돼서야 그는 입을 열었다.
"조이가 말하길 바이러스에 약이 통하지 않는다고 했어. 나는 약에 결함이 없다고, 완벽하다고 생각했는데…."
"그러게, 지금으로서 그것보다 나은 약을 만들 수 없는데. 모든 연구원이 약에 결함을 찾지 못했으니."
"가온, 대체 해결책이 뭘까?"
"하, 정말 모르겠다."
"조이가 더 생각난다. 무엇이든 물으면 툭, 하고 정답을 내놓았었는데…."
"그만해, 조이는 없다고! 남아있는 애들을 생각해서라도 과거에 머물지 말고 지금을 살아! 너 언제까지 이럴 건데?"
가온은 언성을 높이며 해솔의 방문을 쾅, 닫았다. 해솔은 가온의 반응에 내심 놀랐지만, 누구보다 자신을 생각해서 하는 말이라는 걸 알았다. 가온이 나간 문을 쳐다보며 입을 쩝쩝거렸다.
"새끼야, 나도 속상하다. 마음이 그렇게 마음대로 되면 얼마나 편하고 좋겠냐…."

 해솔은 연구실을 이리저리 살폈다. 조이가 사용하던 연구실을 본인이 사용하기로 했다. 하나도 바꾸지 않고 그대로 두었다. 혹시나 해솔의 마음속에서 조이의 흔적이 조금이라도 사라질까 봐, 그래서 그녀를 반드시 찾을 거라는 다짐이 무너질까 봐 말이다.

 오늘따라 조이의 흔적을 더 느끼고 싶어진 해솔이 의자에서 일어나 한 걸음 한 걸음 걸으며 연구실을 둘러보기 시작했다. 연구실의 왼쪽 끝부터 오른쪽 끝까지 아주 찬찬히 살펴보았다.

 "어? 이게 뭐지?"

 오른쪽 끝 아래 모서리에 전에 발견하지 못한 작은 버튼이 있었고, 해솔은 그 버튼을 조심스럽게 눌렀다.

4. 탄생

버튼을 누르자 드르륵, 바닥이 열렸고 내려갈 수 있는 쇠로 된 사다리가 있었다.

드르륵,
      드르륵,
            드르륵.

해솔은 왼발, 오른발을 번갈아 가며 사다리를 내려갔다. 사다리를 다 내려오니 바로 옆에 스위치가 있었다. 해솔이 스위치를 누르자 딸깍, 소리가 나더니 파란빛 조명이 켜졌다.
"뭐야?"
해솔은 벽지도 바닥도 온통 파란색인 정사각형으로 된 8평

정도의 공간과 마주했다.

"파란색…."

파란색. 조이가 좋아하던 색이었다. 해솔은 주변을 두리번거렸다. 깔끔하게 정리된 이곳은 누가 봐도 조이의 손길이 닿았던 곳이었다. 해솔은 조이의 흔적이 느껴지자, 그녀가 옆에 있는 것만 같아 괜히 울컥했다.

"왜 이곳의 존재를 말하지 않은 거지?"

물론 조이가 해솔에게 굳이 말할 의무가 없었지만 그래도 그는 조금 섭섭한 마음이 들었다. 파란색 천장을 바라보고, 파란색 벽지를 만지며, 파란색 바닥을 거닐던 해솔은 파란색 책상 앞에 멈춰 섰다.

책상 위에 놓인 종이 뭉치가 보였다. 손으로 꽉 구긴 것처럼 동그랗게 말려있었다. 해솔이 종이 뭉치를 잡고 조심스럽게 펼치자, 파란색 볼펜으로 적힌 글씨가 모습을 드러냈다.

인공두뇌
'시큐어'
개발일지

그것은 분명 조이의 필체였다.

"인공두뇌 시큐어?"

해솔의 손이 책상 서랍으로 향했고 힘껏 힘을 주어 서랍을 당겼다. 찢어진 수많은 종이와 손으로 구겨진 종이 뭉치들이 뒤엉켜 있었다. 구겨진 종이 한 장을 잡고 찢어지지 않게 펼쳤다.

"뭐야, 이건?"

종이에는 마치 거미와 흡사한 모양의 도안이 그려져 있었다. 해솔은 다른 종이를 펼쳤고, 조이가 정성스레 수기로 적은 내용을 읽어 내려갔다.

"인공두뇌 시큐어. 스스로 학습하고 진화하는 것이 목표. 가느다란 다리가 20개로 보다 빠르게 데이터를 흡수한다. 방대한 데이터를 기반으로 한 인공두뇌 시큐어라면 인간이 해결하지 못하는 것들을 해결해 줄 것이다. 바이러스 등 온갖 위험으로부터 우리의 생명을 지켜줄 것이다."

해솔이 한 발짝 앞으로 왼발을 디뎠는데 신발 아래 뭔가 밟혔다. 해솔은 직감적으로 왼발을 들었다. 아래엔 조이가 그린 도안에 있던 기계가 부서져 있었다. '왜 힘들게 적은 데이터를 다 찢어놨을까, 기껏 만든 인공두뇌를 바닥에 내동댕이치며 던져놨을까?' 해솔은 조이의 상황을 이해해보려고 했다.

"아!"

해솔은 늦지 않게 답을 찾을 수 있었다. 조이가 그런 행동을 할 때는 실패했다고 생각했을 때라는 걸 말이다.

"결국 완성하지 못한 거구나. 당신이 내게 맡긴 일이 이거였어. 그럼 내가 반드시 완성할게. 반드시, 꼭!"

해솔은 깨달았다. 조이가 간절히 바라던 세상, 바이러스에서 벗어나게 될 수 있는 세상이 오려면 인공두뇌 시큐어를 완성해야 한다는 걸 말이다. 시큐어를 완성하면 조이를 찾을 수도 있겠다는 생각이 들었다.

"찾았다. 희망!"

그날 이후, 해솔은 인공두뇌를 완성하기 위해 모든 걸 걸었다. 사력을 다했다. 꼬박 1년이 걸려 2044년이 되었다. 결국 해솔은 시큐어를 탄생시켰다.

해솔은 시큐어의 탄생을 알리기 위해 방송에 출연했고 사회자가 해솔에게 질문을 던졌다.

"네, 그럼 소장님께서 만드신 인공두뇌 시큐어에 관해 설명 부탁드립니다."

해솔은 네모로 된 작은 유리 상자 안에 있는 작품을 가리키며 설명을 이어갔다.

"시큐어는 인공두뇌입니다. 여러분이 무엇을 상상했든 그 이상일 것입니다. 인간이 따로 데이터를 주입하여 학습시키지 않아도 스스로 자신의 학습 방식을 계획하고 엄청난 속도로 진화할 것입니다. 대단합니다. 저는 시큐어가 앞으로 여러 가지 위험에서 우리를 구해줄 해결 방안을 알려줄 것이라고 믿어 의심치 않습니다."

사회자가 해솔을 보며 준비한 멘트를 이어갔다.

"오늘이 처음으로 시큐어를 작동시키는 날인데 긴장되지 않으신지요?"

"물론 긴장됩니다. 하지만 반드시 성공할 것입니다. 전 최선을 다했으니까요."

"그럼, 시큐어 작동 테스트 시작하겠습니다. 준비되셨습니까?"

해솔은 안경을 들었다 내리고 양팔을 덮고 있던 카디건을 걷어 올렸다.

"네. 물론입니다."

최첨단 슈퍼컴퓨터와 인공두뇌 시큐어를 연결했다. '페어링 중입니다.'라는 문구가 컴퓨터 모니터에 떴다. 해솔은 입고 왔던 카디건을 벗어 앉아있던 의자에 걸며, 크게 숨을 내쉬었다.

"후…."

1분, 2분, 3분. 초조한 시간이 흘러갔다. 해솔이 자신에게만 들릴 정도로 작은 소리를 내었다.

"실패했나?"

그 순간, 나지막한 목소리가 방송국에 울려 퍼졌다.

"안녕하세요. 저는 인공두뇌 시큐어입니다."

성공이었다. 해솔은 주먹을 불끈 쥐고 덧니가 다 보이게 활짝 웃었다. 그 광경을 지켜본 사회자와 방청객들은 손뼉을 쳤다.

"마지막으로 하시고 싶으신 말씀 있으십니까?"

"시큐어는 아내가 완성하고 싶어 하던 걸작입니다. 아내가 시큐어를 만들기 위한 기반을 다져주었기 때문에 지금 시큐어는 탄생할 수 있었습니다. 제 아내 조이에게 영광을 돌립니다. 제 아내는 실종되었습니다. 모두 죽었다고 생각하지만, 저는 어딘가 살아있을 거라 믿습니다. 시큐어로 아내를 꼭 찾을 겁니다."

해솔은 무사히 방송을 마쳤다. 이제는 정말로 조이를 찾을 수 있을 것만 같았다. 시큐어가 든 가방을 꽉 안았다.

"작동해 줘서 고맙다, 시큐어."

부푼 마음을 안고 다시 연구실로 향했다. 시큐어를 얼른 제대로 작동시켜야 했다.

5. 부재

리아가 마루의 방문을 힘겹게 열었고 마루에게 총총거리며 다가갔다.
"오빠 놀아줘!"
"잠깐만, 강의만 마저 듣고. 듀랑 놀고 있어."
"듀 말고 오빠랑 놀래!"
"리아야 오빠 수업 중이잖아."
"놀아줘, 놀아줘 잉!"
리아가 마루를 가운데 두고 정신없이 원을 그리며 돌다가 그만 철퍼덕, 미끄러졌다.
"으앙."
"왜 그래?"
마루의 시선이 울고 있는 소리를 따라 강의 화면에서 리아에게 옮겨졌다. 마루는 넘어진 리아를 보고 깜짝 놀라 곧장 앉아있던 의자를 박차고 일어났다. 겨우 리아를 진정시키고 온 마루를 맞이해 주는 건 흰색 배경에 빨간 글씨가 적힌 알림 창 화면이었다.

<알림>
강마루 학생은 화상 강의 화면에서 20분 이상 벗어나 수업 시간 참석 부족으로 불합격 처리되었습니다.

이번 학기에도 요건을 충족하지 못하고 다음 학년으로 진급에 실패한다면 퇴학 처리가 진행될 예정입니다.
다음 학년으로 진급하시려면 반드시
강의 시청을 완료해야 합니다.

꼭 재수강 신청하시길 바랍니다.

알림 창을 눈으로 읽은 마루는 오른손으로 이마를 쳤다.
"하아, 미치겠네. 진짜."
"하아, 미치게따, 징짜."
리아는 그런 마루의 말을 따라 하며 배시시 웃었다.

"너, 내가 너 때문에."

"너어, 내에가 너 때뭉에에."

리아가 갑자기 열이 날 때, 리아가 아빠가 보고 싶다고 울 때, 리아가 뛰어다니다 넘어졌을 때, 마루의 머릿속에 불합격을 받았던 순간들에 펼쳐졌던 일들이 둥둥 떠다녔다. 17살의 소년에게 4살짜리 아이를 감당하는 것은 매 순간 위태로운 곡예를 하는 것 같이 아슬아슬했다.

"강리아, 그만해!"

"으앙. 오빠 화나써?"

"그래, 화났다!"

"무서워엉."

리아는 거실에 있는 듀에게 달려갔다. 잠시 뒤, 리아는 슬금슬금 다가와 마루의 표정을 이리저리 살피더니 콕콕, 작고 뽀얀 손가락으로 마루의 다리를 건드렸다.

"히잉. 미안해. 오빠아. 화내지먀."

애교를 부리는 리아를 말없이 쳐다보던 마루의 얼굴에서 자신도 모르는 새 방긋 미소가 지어졌다.

"히히 오빠 웃었다아."

"그래, 웃었다."

"그럼, 우주선 태워줘!"

마루는 웃고 있는 리아를 들어 올려서 위아래로 움직였다.

"알겠어, 슈웅~ 슈웅~ 우주선 탑승!"

물론 리아 때문에 속상하고 화가 났던 적은 있지만 한순간도 미워한 적은 없었다. 단지 마루는 리아가 자신처럼 혼자 남겨진 것 같다는 생각이 들었던 시간을 보내게 하고 싶지 않았다. 그래서 자꾸 리아에게 같은 말을 묻곤 했다.

"리아 외롭지 않아?"

그때마다 마루에게 돌아오는 대답은 같았다.

"응! 오빠가 있잖아!"

습관처럼 돌아오는 대답이라고 해도 그 대답을 들을 때마다 마루는 안심이 되었다. 한참을 리아와 놀다 보니 슬슬 출출해졌다. 시간을 보니 아빠의 퇴근 시간이 다가왔다.

"오빠, 배고파."

"배고파? 잠깐만 기다려 봐."

마루는 저녁 식사 준비를 마친 후 아빠에게 전화를 걸었지만 받지 않았다.

"리아야, 오늘도 밥 우리 둘이 먹어야겠다."

"아빠는 오늘도 안 와?"

리아의 물음에 마루는 고개를 끄덕였고, 리아는 입을 삐죽 내밀고는 고개를 푹 숙였다.

"리아, 속상해?"

"아니이잉."

리아의 말투는 전혀 괜찮은 것 같지 않았다. 마루도 속이 상하긴 마찬가지였다. 속에서 알 수 없는 감정이 부글부글 끓어올랐지만, 리아 앞에서 티를 내고 싶지 않아 꾹 눌렀다.

"그래, 리아랑 나랑 엄청 맛있게 먹자! 아빠는 이렇게 맛있는 거 못 먹은 거 꼭 후회할 거야!"

"응!"

마루는 시큐어가 만들어지면 아빠가 조금은 덜 바빠질 거라 여겼다. 그래서 자신과 리아에게 신경을 써줄 것이라 기대했고 엄마가 있을 때의 다정했던 아빠로 다시 돌아올 거라 믿었다.

그래서 마루는 아빠가 본인과 덩치가 비슷한 가정용 안드로이드 듀를 덩그러니 놓고 떠났을 때도 아빠의 선택을 믿었다.

그래서 마루는 듀가 차린다고 해도 극구 만류하고 아빠의 퇴근 시간에 맞춰 매번 저녁 식사를 차렸다. 결국 리아와 둘이 먹을 걸 알면서도, 언젠가 한 번은 꼭 함께 식사할 날이 있을 거라 믿으며 그렇게 아빠를 기다렸다.

하지만 시큐어를 완성한 아빠는 더 바빠졌고, 마루와 리아는 아빠를 더 만나기 어려워졌다.

"밥 한 끼 먹는 게 그렇게 어렵나?"

조금의 관심과 함께 먹는 한 끼의 식사를 바란 것뿐이었다. 마루는 아무리 생각해도 아주 많은 것을 바란 것이 아닌 것 같다는 생각이 들어 섭섭한 마음이 들었다.

아빠에 대한 마루의 믿음은 서서히 깨져갔고, 기다림은 영영 끝나지 않을 것만 같았다. 기다리고 기다려도 오지 않은 엄마를 기다림이라는 단어에서 놓아준 것처럼, 아빠에 대한 기다림도 자기도 모르는 순간 놓아버릴 것만 같아 기분이 좋지 않았다.

엄마가 오지 않을 거라는 걸 인정하기까지 긴 시간이 걸렸다. 하지만 한번 인정하니 계속 받아들이게 되었다. 뭐든지 처음이 어렵지, 반복되면 익숙해지기 마련이니까. 마루에게 엄마는 이미 죽은 사람이었다. 다시는 볼 수 없는 존재였다. 부디 아빠에 대한 마음이 그렇게 되지 않길, 아빠를 놓지 않길 마루는 간절히 바랐다.

6. 예측

시큐어의 목소리가 울려 퍼졌다.
"조이님은 살아있어요."
해솔이 정말 듣고 싶은 말이었고, 아무도 해솔에게 해주지 않았던 말이었다. 듣고 싶은 대답을 들었을 때 그 기분은 이루 말할 수 없이 감격스럽다. 해솔은 눈을 반짝이며 시큐어에 되물었다.
"정말이야?"
"네, 시체가 발견되지 않았잖아요. 살아 있을 겁니다. 미세한 생활반응이라도 있는지 앞으로 더 자세히 살피겠습니다."
"부탁할게."
"한 가지 알려드릴 게 있습니다. 새로운 바이러스가 출몰할 것 같다는 예측에 도달했습니다. 제 예측이 현실로 다가온다면 분명히 이 바이러스는 세상에 막대한 피해를 줄 것입니다."

"그게 무슨 소리야?"

시큐어가 자신과 연결된 컴퓨터 모니터로 미래를 예측해 시뮬레이션을 돌린 장면을 보여주었다. 바이러스에 감염된 사람들이 고통스러워하고 있었다. 그 모습이 조이의 모습과 겹쳐 보여 해솔은 마음이 먹먹해졌다. 시큐어는 계속 말을 이어갔다.

"어떻게 감염되었는지 정확한 경로를 예측할 순 없지만 심각한 식도염을 유발하는 것으로 보아 입을 통해 기관지로 침투하는 것으로 추정됩니다."

"흠…."

"문제는 바이러스의 전염성이 매우 높을 것이라는 사실입니다."

"이거 큰일이네."

해솔은 곧장 자리에서 일어나 가온을 찾아다녔다. 가온은 실험실에서 실험을 진행하고 있었다. 해솔은 가온이 나올 때까지 기다리기로 했다. 잠시 뒤, 가온이 실험을 마치고 실험실 밖으로 나왔다.

"어? 너 여기서 뭐 해?"

"가온, 잠시 시큐어한테 가자."

시큐어는 해솔에게 했던 설명을 가온에게 똑같이 했고 가온은 고개를 갸우뚱거렸다.

"미래를 예측한 거라고?"

"네, 가온 박사님."

"그럼 해결 방안이 뭐지?"

"만일을 대비해서 바이러스가 침투할 수 없는 특수 마스크인 블랙 마스크를 개발하는 것을 권고합니다. 제대로 대비하지 않으면 흑사병, 천연두, 황열병, 페스트, 신종인플루엔자, 사스, 에볼라, 메르스, 코로나19를 능가하는 엄청난 피해가 예상됩니다."

그 말을 들은 가온은 표정을 찡그렸고, 그런 가온을 본 해솔은 가온의 등을 손가락으로 툭 쳤다. 가온이 해솔을 쳐다보자, 해솔은 가온에게 잠깐 밖으로 나가자고 손으로 문밖을 가리켰다.

"가온, 옥상에서 바람 좀 쐬자."

"그래."

"시큐어, 가온이랑 잠깐 이야기하고 올게. 기다리고 있어."

"네. 박사님."

해솔과 가온이 엘리베이터를 타고 옥상으로 올라갔다. 옥상으로 올라가며 가온이 입을 열었다.

"갑자기 왜 바람을 쐬자고 그래?"

"너 표정이 안 좋아 보여서. 왜 그러냐?"

"나는 솔직히 저 시큐언가 뭔가 하는 저거 신뢰가 잘 안 돼."

가온이 어깨를 들썩이며 잘 모르겠다는 행동을 취했고, 동시에 엘리베이터 문이 열렸다. 해솔은 옥상으로 향하는 문을 열었다.

"아니 대체 왜?"

가온이 해솔의 뒤를 따라 옥상 정원에 발걸음을 옮겼다. 둘은 정원을 천천히 거닐기 시작했다. 가온이 먼저 입을 뗐다.

"갑자기 엄청난 바이러스로 수많은 감염자가 생겨난다니? 이렇게 평화로운데?"

"가온, 시큐어는 현존하는 그 어떤 것보다 똑똑해. 정확한 데이터를 기반으로 결과를 도출해. 틀리지 않을 거야."

"아무리 생각해도 이건 비현실적이야. 전염성이 있다는 확신도 없고, 난 결과 도출에 오류가 난 거로 생각해. 또 특수 마스크를 제작하려면 막대한 연구비가 들 거야. 승인받기도 힘들 거라고. 전염성이 확인되면 그때 마스크를 제작해도 늦지 않아. 왜 걱정을 사서 해."

가온의 말을 들은 해솔이 걸음을 멈추고 그 자리에 섰다.

"틀리지 않았어. 시큐어가 조이는 살아있다고 말했다고."

해솔의 말을 듣고 가온도 다음 걸음을 옮기지 않고 멈춰 섰다.

"어떻게 틀리지 않았다고 확신하지? 조이가 살아있다는 그런 허무맹랑한 이야기를 하는데? 아, 옳다고 믿고 싶은 거지. 그 말을 들으니 저 기계는 듣고 싶은 말을 하고 얼추 때려 맞추는 가짜라는 확신이 더 생겨버렸어. 마스크 제작은 절대 반대야."

가온의 날카로운 말에도 해솔의 마음은 베이지 않았다.

"도와주지 않는다면 혼자라도 만들 거야. 시큐어는 정확해."

가온은 답답한 듯 목 쪽에 옷을 늘리며 해솔에게 삿대질했다.

"제발, 제발, 제발 현실을 좀 봐. 보고 싶은 것만 골라서 보지 말고. 좀."

"지금 누구보다 현실을 보고 있어."

"하, 알아서 해라. 어쨌든 난 블랙 마스큰지 블락 마스큰지 만드는 거 동참 못 한다."

가온은 해솔을 등지고 옥상으로 들어오는 문 쪽으로 빠르게 향했다. 뒤도 한 번 돌아보지 않고 그 문을 열고 서둘러 그 자리를 피했다.

"혼자 돌아오셨군요. 가온 박사님은 블랙 마스크 제작을 반대하시나 보네요."

한숨을 쉬며 돌아온 해솔에게 시큐어가 말을 걸었고 해솔은 고개를 끄덕였다.

"맞아. 넌 이렇게 정확한데 왜 믿지를 못하는 걸까?"

"사람은 보고 싶은 것만 보기 마련이니까요."

"가온이 내가 보고 싶은 것만 본대. 내가 정말 보고 싶은 것만 보는 걸까? 고집을 부리는 건가?"

"아니요. 해솔 박사님은 달라요. 박사님 옆에는 정확한 데이터를 기반으로 하는 제가 있으니까요."

해솔은 피식, 미소를 지었다.

"고맙다."

"박사님에게 웃음의 의미는 뭔가요?"

"음…, 희망?"

"역시…, 그렇군요."

"그래, 만들어 보자. 블랙 마스크! 바이러스로 인한 피해를 최소한으로 만들 수 있는 대비책을 마련해야지."

그때, 위이잉 손등에서 진동이 울렸다. 마루였다. 전화를 받자, 리아를 안고 있는 마루의 얼굴이 나타났다.
"저녁 같이 먹어요. 리아가 보고 싶어 해요."
"미안하다. 오늘 늦어질 것 같아 둘이 먼저 먹어. 바빠서 먼저 끊는다."
서둘러 전화를 끊고 시큐어와 블랙 마스크를 만들 방안에 관해 토론을 시작했다.
얼마나 많은 밤을 지새우고, 얼마나 많은 시간을 연구실에서 보냈는지 해솔이 그 수를 세는 걸 포기했을 때쯤, 블랙 마스크의 도안이 완성되었다. 하지만 슬프게도 막대한 예산이 드는 블랙 마스크는 국가 승인을 받지 못했다.
"하아."
희망이 절망으로 바뀌는 건 한순간이다. 1시간 일수도, 1분 일수도, 1초일 수도 있다. 시큐어는 속상한 마음을 안고 연구실에 덩그러니 남겨진 해솔에게 위로의 말을 해주었다.
"해솔 박사님, 괜찮습니다. 도안이 있으니 언제든지 만들 수 있어요."
그때 전화가 왔고 해솔은 손등에 버튼을 눌렀다. 그러자 해솔의 눈앞에 매일 찾아갔을 때 보았던 형사가 나타났다.
"부인을 찾은 것 같습니다. 이쪽으로 오실 수 있을까요?

주소 보내겠습니다."

　해솔은 서둘러 영상통화를 끊고, 기다리고 기다리던 조이가 있는 곳으로 달려갔다.

7. 죽음

영안실에 도착한 해솔은 절규했다.
"안 돼, 아니야…. 이럴 수 없어!"
단 한 번의 미세한 움직임조차 허락되지 않은 채 멈춰있는 육체, 차갑고 파래진 조이 앞에서 해솔은 정신을 놓은 것처럼 소리 내어 울었다.
"어떻게 이래. 나한테 어떻게. 드디어 완성했단 말이야. 널 찾기만 하면 되는 거였단 말이야…."
인공두뇌 시큐어를 만들기 위해 많은 걸 포기하고 뒤로 미뤘다. 마루와 리아에게 엄마를 되찾아 주기 위해, 무엇으로도 대체될 수 없는 아내를 찾기 위해 끝이 보이지 않는 길을 끊임없이 달리고 또 달렸다. 그런데 그 결과가 이거라니, 해솔은 세상이 야속했고 미웠고 원망스러웠다. 애석하게도 시간은 해솔을 기다려 주지 않았다. 담당 안드로이드가 다가와 일정한 톤으로 해솔에게 3개의 선택지를 던졌다.

"고객님, 얼마나 마음이 아프실지 감히 상상도 되지 않습니다. 소중한 분의 마지막 떠나시는 길을 저희가 최선을 다해 배웅하겠습니다. 장례 절차는 1일장, 2일장, 3일장 중 선택하실 수 있습니다. 요즘은 다들 바쁘시기 때문에 대부분 간소하게 1일장으로 진행한답니다. 부담가지시지 말고 편하게 말씀해 주세요."

안드로이드의 말은 해솔에게 전혀 위로가 되지 않았다. 해솔은 떨리는 톤으로 대답했다.

"3일…, 삼일장이요."

"네, 고객님. 삼일장으로 진행하겠습니다. 바로 비용을 입금해 주세요."

"…지금 입금했습니다."

"네, 확인 완료되었습니다. 영정사진에 사용될 사진을 바로 전송해 주세요."

"…전송했습니다."

"확인 완료되었습니다."

차라리 안드로이드였으면 그래서 감정을 느끼지 못했다면 얼마나 편했을까, 해솔은 깊게 한숨을 쉬었다.

해솔은 꽃들 사이에서 웃고 있는 조이를 바라봤다. 참으로 고른 치아를 바라봤다. 이제 다시 볼 수 없을 얼굴 앞에 주저앉았다.

어느새 주변은 장례를 돕는 안드로이드들이 움직이는 소리로 가득 채워졌다.

웅웅웅웅,   웅웅웅웅,
       웅웅웅웅,
웅웅웅웅,   웅웅웅웅.

안드로이드들은 참으로 빠르고 신속했다. 탁탁, 자신들이 할 일을 순서대로 진행했다.

"나 이제 어떻게 해야 해?"

해솔은 멍하니 분주한 안드로이드들이 내는 소리를 들으며 사진 속 조이에게 물었다. 차라리 누군가 자신에게 해야 할 일을 입력해 줬으면 좋겠다고 생각하며.

"나, 왔다."

가온은 눈시울이 붉어진 해솔을 보며 무슨 말이라도 해야 할 것 같았다. 지금 해솔에게 시답지 않은 위로는 그다지 도움이 될 것 같지 않았기에 가온은 자신이 생각할 때 가장 필요할 것 같은 말을 해줬다.

"슬프겠지만 이겨내고 이제 새롭게 시작하자. 애들한테도 신경 좀 쓰고. 남겨진 사람은 살아야지."

그 말을 듣자, 해솔은 '나와의 헤어짐이 강해솔의 인생에서 새로운 시작이었으면 해. 제2막 말이야.'라고 하던 영상 속 조이가 떠올랐다.

"야 넌 참 조이를 닮았어."

"뭐가?"

"이성적인 거…. 근데 그거 지금 하나도 위로 안 되는 거 아냐?"

물론 가온도 마음이 아팠다. 내색하지 않았지만, 해솔이 바랐던 것과 마찬가지로 조이가 살아 있기를 간절히 바랐던 사람 중 한 사람이 바로 가온이었다. 하지만 현실을 받아들여야 했다. 해솔은 항상 가온과 너무 달랐다.

"너 근데 마루에게 말했어?"

"아니…."

"그래도 마루에게 얼른 알려줘라. 아들이잖아. 엄마 마지막 모습은 봐야지. 안 그러냐?"

"…알지."

해솔은 짧은 대답을 하고 고개를 끄덕였다. 알려줘야 하는데 좀처럼 마루에게 연락할 엄두가 나지 않았다.
"하아…."
버튼 하나면 알릴 수 있는 아주 편한 세상인데, 그 버튼 하나를 누르는 게 참 힘들었다.

보이스 통화 | 페이스 통화

해솔은 고민하다 손목을 눌러 통화 기능을 켜고, 보이스 통화를 눌렀다. 신호음이 두 번 울린 후 마루가 전화를 받았다.
"왜 보이스로 걸어요? 리아가 아빠 보고 싶어 해요. 페이스로 다시 걸게요. 리아가 아빠 얼굴이라도 잠시 보고 싶다고…."
"잠깐만. 아들, 지금 이쪽으로 와야겠다. 엄마 찾았어."
"엄마? 거기가 어딘데요."
"장례식장…."
"네?"
"검은 옷으로 입고 와. 리아는 듀에게 잠깐 맡기고 오고.

주소 찍어줄게."
 해솔은 이를 악물고 최대한 침착하게 떨리는 목소리를 감추며 이야기를 전했다.

8. 마지막 인사

리아의 두 눈은 초롱초롱 빛났다.
"오빠, 오빠! 우주선 태워줘!"
"리아 우주선 타고 싶어?"
"응!"
"알겠어. 이리 와!"
리아를 안아서 들었다 내렸다 하며 놀아주던 마루의 손목에서 윙, 진동이 울렸다.
"윙윙, 오빠! 리아 떨려."
"어 그러네. 리아야, 잠깐만."
마루가 리아를 바닥에 내려놓고 손목을 확인했다. 아빠에게서 온 전화였다. 그런데 페이스가 아닌 보이스로 걸려 왔다.

"전화 걸 일 있으면 얼굴 보게 페이스로 연결하기로 했는데. 하유, 또 까먹었겠지."

통화를 하던 마루는 장례식장이라는 장소에 충격을 받았고, 리아는 데려오지 말라는 아빠의 말에 대답 없이 통화 종료 버튼을 눌렀다. 물론 엄마가 돌아오지 않을 걸 알았지만, 이미 죽었다고 생각했지만, 막상 생각했던 결말이 현실에 다가오니 기분이 좋지 않았다.

"오빠, 오빠! 우주선 또 태워줘 잉."

"리아야, 지금은 안 돼. 오빠가 갈 데가 생겼어."

마루는 착잡한 마음으로 검은 옷을 찾기 위해 옷장으로 향했다. 리아는 그런 마루의 뒤를 따라다니며 계속 칭얼거렸다.

"어디 가아? 같이 갈래!"

"안 돼. 리아는 집에서 듀랑 놀고 있어."

"나도 갈래, 갈래!"

"놀러 가는 거 아니야! 바보야."

속상한 마루의 마음을 모르는 리아가 폴짝폴짝 뛰어다녔다. 그러다 발을 잘못 디디고 픽, 쓰러졌다.

"아이고, 조심하지. 왜 이렇게 덜렁거려."

"으앙."

"왜 어디 다쳤어?"

마루는 이리저리 리아를 살폈고, 리아의 오른쪽 무릎이 까져 빨갛게 부어오른 걸 확인하고 약을 발랐다.
"으앙, 으아앙."
"뚝! 그만 울고. 여기 호오~ 해줄게. 호오 하면 안 아프다! 그리고 밴드도 붙여줄게. 리아가 좋아하는 강아지네?"
리아는 귀여운 강아지 캐릭터가 그려진 밴드를 보고는 울음을 뚝, 그쳤다.
"오빠, 누구 보러 가아? 리아 두고 가지 마. 리아도 갈래."
"리아, 같이 가고 싶어?"
"응! 가고 싶어!"
"그래, 가자 그럼."
마루는 어린 리아의 손을 꼭 잡고 엄마의 마지막을 배웅하러 나섰다.

마루는 환하게 웃고 있는 엄마를 마주했다. 마음속 자리하는 엄마라는 존재를 수없이 지웠다. 떠오를 때마다 지우고, 지우고, 지웠다. 그래도 지금 앞에 있는 엄마의 사진을 보니 마저 지우지 못한 엄마의 흔적이 허락도 받지 않고 마음속에 떠올라 아려왔다.
"하아…."

마루는 고인 눈물을 떨어트리지 않게 하려고 안간힘을 썼다. 울고 싶지 않았다. 제대로 된 마지막 인사를 하고 싶었다.

"엄마, 잘 가. 리아도 데려왔어."

그때, 마루의 품에 안긴 리아가 고사리 같이 작은 손을 해솔에게 흔들었다.

"아빠다, 아빠!"

해솔은 리아와 함께 온 마루를 보고 적잖이 당황스러웠다. 장례식장에 마련된 작은 방으로 마루를 불렀다. 리아를 꼭 안고 있는 마루를 보며 해솔은 안경을 한번 들었다 내리고 머리를 긁적였다.

"아들, 여기에 리아를 데리고 오면 어떡해?"

"왜 안 돼요? 리아도 엄마의 마지막 모습을 봐야 나중에 후회 안 할 거 아니에요."

"리아는 아직 어려."

"어려서? 그게 무슨 대수에요? 아빤 내가 뭐 때문에 힘들었는지 알아요? 엄마가 사라지기 전날 내 방에 왔었는데 마지막 인사도 제대로 못 해줘서요. 리아가 엄마한테 마지막 배웅할 기회를 주고 싶어요."

마루는 오늘따라 이상했다. 평소에 말도 별로 없는 녀석이 말도 안 되는 고집을 피우고 있었다. 해솔은 그런 마루가 어색하게 다가왔다.

"얼른 다시 리아 집에 데려다주고 와."

"아빠는 엄마 나갈 때 자고 있었죠? 나는, 나는 깼었어요. 엄마가 이불을 덮어줬는데 나는 그걸 걷어차고 찡그린 표정을 지었다고요. 엄마가 기억할 내 마지막 모습이 하필이면 찡그린 모습이라고요."

"갑자기 왜 그 얘기를 꺼내고 그래. 빨리 리아 집에 보내자."

"아뇨, 아빠는 내가 뭐가 제일 후회되는지 알아요? 그때 엄마를 더 자세히 보지 못해서요. 엄마가 어떤 표정인지, 목소리가 어땠는지 조금만 유심히 보고 들었어도 엄마가 사라지는 걸 막을 수 있었을 것 같아서요."

"강마루! 얼른 집 다녀와. 리아 데려다주고 오면 시큐어한테 잠깐 가봐야 할 것 같아서 그래."

"지금 상황에 시큐어한테 간다고요?"

"뭔가 잘못되었어. 시큐어가 분명 조이가 살아있을 거라고 했단 말이다."

시큐어를 개발할 거라고 선언한 뒤로 해솔에게 마루와 리아는 항상 뒷전이었다. 마루는 '인공두뇌를 만들면 엄마를 찾을 수 있을 거야.'라는 말을 남기고 엄마에 이어 아빠의 빈자리까지 느끼게 만든 아빠가 서운하고 아쉽기도 했지만 이해하려 했다.

"이제 그만 해요. 엄마는 저기에 누워 있잖아요."

하지만 이제는 아니었다. 엄마는 죽었다. 마루의 마음속에 아빠를 이해할 공간이 더는 남지 않았다. 마루는 억눌러왔던 감정을 여과 없이 쏟아부었다.

"리아가 무릎 까진 건 알아요? 내가 아직도 진급하지 못한 건 알아요? 모르죠? 아빠 모르죠? 당연히 모르겠죠. 우리한테 관심이 하나도 없었으니까요. 아빠 머릿속엔 그놈의 인공두뇌밖에 없었으니까!"

"시큐어는 다 너희를 위해서 만드는 거야. 엄마도 찾고, 너희의 안전을 위해…."

"엄만 죽었다고요! 우리를 위해? 말도 안 되는 소리 하지 마요. 우리를 위한다면서 이렇게 방치해 놓는 게 말이 돼요? 우리가 원한 건 인공두뇌 같은 기계가 아니라 아빠였다고요. 아빠. 꼭 이렇게 말해야 알아요? 얼마나 오래 기다린 줄 알아요? 이젠 기다리지 않을 거예요. 기계랑 오래오래 행복하세요!"

"아니, 마루…."

해솔이 말을 더 이어 나가려 했지만, 마루는 문을 쾅, 닫고 나가버렸다.

"진짜 아무것도 모르면서…."

마루는 오른손으로 리아를 안고, 왼손으로 흐르는 눈물을 닦았다. 택시 정류소에 있는 의자에 앉아 리아를 옆에 내려 놨다.

"오빠, 왜 울어? 울지 마!"

"아냐, 안 울어."

"울고 있는데? 리아가 호오~ 해줄게."

리아는 마루에게 연신 호오, 호오 입술을 둥글게 모아 바람을 뿜어냈다.

"으아, 간지러워. 그만, 그만!"

택시 정류소에 택시가 도착했다. 택시에 타자 안드로이드 택시 기사가 물었다.

"고객님, 도착지를 터치스크린에 입력해 주세요."

마루가 집으로 주소를 찍고 결제를 마치자 택시가 목적지를 향해 달렸다.

집에 도착한 마루는 리아를 씻기는 것을 가정용 안드로이드인 듀에게 부탁했다. 리아가 듀와 함께 욕실로 들어가자 마루가 양손을 얼굴에 모으고 거실 바닥에 쭈그리고 앉았다.

"하아…."
마루는 마음이 불편하고 우울했다. 아까 상황을 다시 생각하니 눈물이 핑 돌았다.
그때, 리아가 마루의 손바닥에 무언가를 탁 붙였다. 마루는 손바닥을 확인했다.
"호오~ 울지 마."
마루는 손바닥에 붙여진 강아지 밴드를 보고, 리아를 바라봤다. 리아가 자신의 볼에 바람을 가득 채워 볼을 빵빵하게 했다.
"아빠랑 싸우지 마."
"…."
"아끼는 밴드 붙여줬으니까, 리아 소원 들어줘."
"응? 소원? 소원이 뭔데?"
"아빠랑 화해하기!"
방금 씻고 나온 리아는 볼이 발그레했고 사랑스러웠다. 그 모습에 마루는 미소가 지어졌다.
"…알겠어. 집에서 듀랑 놀고 있어."
"또 어디 가는 데에?"
"아빠한테 사과하러. 리아 소원이 아빠하고 화해하는 거라며."

"응! 히히, 다녀와. 아빠랑 손 꼭 잡고 와아!"

리아가 씽긋, 웃었고 마루는 리아의 머리를 쓰다듬었다. 마루는 듀에게 지시 사항을 입력시켰다.

"듀, 리아 좀 재워줘."

"네."

듀는 대답 후 리아의 방으로 들어갔다. 이내 듀가 리아와 이야기를 나누는 소리가 들리자, 마루는 현관문을 열었다.

9. 사고

해솔은 모든 게 벅찼다. 차갑게 식어버린 조이를 보내는 것도, 뜨겁게 달궈진 마루를 잡는 것도 버거웠다. 좋은 남편이 되지 못한 것 같아 속상했고, 좋은 아빠가 되지 못한 것 같아 고통스러웠다.

"아빠라는 거는 참 어렵구먼."

그 순간, 해솔에게 전화가 걸려 왔다. 마루였다. 해솔은 입술에 침을 바르고, 안경을 한번 올렸다가 내리고 페이스 전화를 받았다.

"저기, 그게 음⋯."

마루가 앞머리를 만지며 안절부절 어쩔 줄을 몰라 하고 있었다.

"응?"

"아까 죄송했어요."

"…아니다."

"리아 집에 데려다주고 지금 다시 거기로 가는 중이에요."

"피곤할 텐데 집에서 쉬어도 된다."

"갈래요. 저 이제 어린애 아니에요. 그러니까 이제 혼자 짊어지지 마요. 뭐든지."

정적이 흐르자, 마루는 혹시 실수했나 싶어 침을 꼴깍 삼켰다.

"음, 그럼 끊을게요!"

"잠깐만."

"네?"

"고맙다. 아들. 아빠가 더 미안하다."

해솔은 마루를 보며 인자한 미소를 지으려 노력했고, 마루는 어색한 웃음으로 답했다.

"이제 버스 타요. 끊을게…."

그때, 알 수 없는 굉음이 났고 영상통화를 하던 화면이 심하게 흔들렸다.

"무슨 일이야?"

"…."

"무슨 일이냐니까?"

페이스 통화가 지지직거리더니, 수신 불가라고 적힌 빨간색 세모 아이콘이 반짝일 뿐이었다.

부우웅,

끼이익,

쾅!

해솔과 마루를 연결해 주던 페이스 통화의 화면은 3초가량 멈췄다가 이내 꺼져버렸다.

"마루야, 마루야? 마루야! 마루야…."

순간 해솔은 머릿속에 떠다니는 문장부호들을 따라가기 시작했다. 상황을 파악하기 위한 반점을 걸어, 무슨 상황인지 묻는 물음표를 지나, 아닐 거라고 외치는 느낌표 뛰고, 어쩔 수 없이 인정해야 하는 마침표까지 도달했다. 그러고 나니 하나의 결론이 도출되었다. 마루에게 사고가 났다.

"어디야, 저기가 어디야."

해솔은 마루와 마지막으로 통화한 장소를 검색했다. 서둘러 택시를 잡았다.

"고객님 도착지를 터치스크린에…."

안드로이드 택시 기사가 말을 끝내기도 전에 해솔은 다급하게 목적지를 입력하고 결제를 마쳤다.

"빨리. 빨리."

그러자 택시가 시동을 걸며 출발했다.

마루는 멋쩍었지만, 아빠에게 먼저 사과하길 잘했다는 생각이 들었다. 타이밍 좋게 버스도 다가오고 있었다. 장례식장에 도착하면 아빠를 꼭 안아줘야겠다는 생각이 들었다. 아빠와 통화를 끊으려는데 갑자기 한 아이가 눈에 들어왔다.

"아빠!"

리아 또래 되어 보이는 꼬마가 반대쪽에서 무단횡단을 하며 버스 쪽으로 달려오고 있었다.

"안 돼. 멈춰!"

반대쪽 횡단보도에서 아이를 놓친 엄마가 비명을 질렀고, 마루의 한 참 뒤에서 아이의 아빠가 울부짖으며 미친 듯이 달려오고 있었다.

아이가 빨간불이 깜빡이는 횡단보도를 가로질러 달려오고 있었다. 그리고 그 아이를 향해 달려오는 배달용 오토바이 한 대가 보였다. 마루는 고민할 시간도 없이 본능적으로 아이에게 달려갔다.

"지켜야 해."

마루는 온 힘을 다해 달려갔다. 아이를 구해야 한다는 생각 하나에 몸을 맡겼다. 마루는 오토바이보다 먼저 아이에게 도착했고 아이를 꽉 안았다.

"이제 괜찮아."

그 순간, 오토바이와 마루가 충돌했다. 부우웅, 끼익, 쾅! 마루가 아이를 꽉 안고 쓰러졌다. 아이의 부모가 달려왔다. 사람들이 하나, 둘 몰리기 시작했다.

"괜찮아요?"

마루의 두 눈이 감기고, 정신은 서서히 아득해졌다.

"얼른 구급차, 구급차."

아이의 부모가 서둘러 구급차를 불렀고, 구급대원 안드로이드들은 피를 흘리는 마루를 데리고 병원으로 향했다.

해솔이 다급하게 발을 동동 구르며 안드로이드 택시에 말했다.

"좀 빨리, 빨리 가주면 안 됩니까?"

"고객님, 지금이 최선입니다. 정해진 교통 규범을 어기는 건 옳지 않습니다."

"하아, 돌아버리겠네."

그때, 윙, 진동이 울렸다. 병원이었다. 불안한 마음을 가득 안고 페이스 전화를 받았다. 병원 데스크 안드로이드가 화면에 나타났다.

"안녕하세요. 강마루님 보호자 되시는 강해솔님 맞으십…."

해솔은 급한 마음에 안드로이드의 말이 끝나기도 전에 대답했다.

"네. 맞아요. 저예요. 저. 강마루 보호자입니다."

"맞으시면 1번, 아니시면 2번을 눌러주세요."

"아, 맞다고!"

해솔은 떨리는 손가락으로 1번을 눌렀다.

"네, 현재 정확한 강마루님의 상황은 신분 확인을 거친 후 알려드릴 수 있습니다. 상황을 알고 싶으시면 지문 검사를 진행하겠습니다. 화면에 나오는 네모 안에 손바닥을 대주세요."

해솔은 바로 손바닥을 네모 안에 맞추었다. '손바닥 지문 대조 확인 중.'이라는 문구만 화면을 채우고 있었다.

"아씨, 진짜!"

3시간 같던 3분이 지나고, 진료기록부를 든 안드로이드가 설명을 시작했다.

"다행히 배달을 위해 타고 있던 안드로이드가 순간적으로 시야에 들어온 강마루님을 보고 오토바이를 틀었고, 강마루님은 생명을 보존할 수 있었습니다. 팔 골절, 다리 골절….”

그때 택시가 멈추고, 택시 안드로이드의 소리가 들렸다.

"고객님, 목적지에 도착했습니다. 오늘도 웃음만 가득한 하루 보내세요. 다음에 또 찾아주세요."

"아니, 하….”

해솔은 양손으로 머리카락을 쓸어 올리고는 머리를 손으로 헝클어트렸다.

"고객님, 도착지를 터치스크린에 입력해 주세요."

해솔은 터치스크린에 병원 주소를 입력했다.

"고객님, 결제를 부탁드립니다. 운행은 선결제 후 진행됩니다."

해솔은 깊은 한숨을 쉬고 결제를 진행했고, 그제야 택시는 병원으로 향할 수 있었다.

10. 회복

마루의 눈이 흔들리며 서서히 떠졌다. 기지개를 켜려 했지만 몸이 움직이지 않았다. 마루는 환자복을 입고 있었고, 손에는 노란색 링거를 맞고 있었다.

"으윽!"

마루의 소리에 옆에서 쪽잠을 자던 해솔이 벌떡 일어났다.

"아들 괜찮냐?"

"전 괜찮은데…."

"이놈아. 엄마 장례식 치르자마자 너도 따라가려고 그랬어?"

"…아이는요?"

"그게 중요해? 넌 목숨이 두 개야? 대체 왜 그랬어!"

해솔이 침을 튀기면서 침대 시트를 손바닥으로 퍽퍽 쳤다.

"그래서 아이는요? 리아 또래였어요."
"괜찮다. 하나도 안 다쳤어."
안도의 한숨을 쉰 마루는 해솔을 자세히 봤다.
"우리 아빠, 그새 많이 늙으셨네. 주름 봐, 자글자글하시네. 얼마 만에 이렇게 자세히 보는 건 줄 알아요?"
"아들아, 이 상황에 시답지 않은 소리가 나와? 너는."
"저는 어때요? 많이 컸죠?"
"똑같아."
"오랜만에 자세히 아들 본 소감 좀 말해 봐요."
"난 퇴근하고 집에 와서 너와 리아가 자고 있는 모습을 매번 봤다. 이 녀석아."
잠시 어색한 정적이 흐르고, 해솔이 일어나 마루에게 이불을 덮어줬다.
"다시는 그러지 마. 아빠가 얼마나 놀랐는지 알기나 해?"
"그래도 결국 아무도 죽지 않았잖아요. 저도 살고, 아이도 지키고. 모든 생명을 살린 거죠. 해피엔딩!"
"하마터면 네가 죽을 뻔한 아찔한 순간이었어. 나한테는 아들 생명이 우선이야."
누군가 밖에서 병실 문을 똑똑 두드렸다. 해솔이 문 쪽으로 다가갔다.

"누구세요?"

"저 병문안 왔습니다."

마루가 구한 아이의 부모가 누워있는 마루에게 다가왔다. 그리고 고개를 숙여 정중하게 인사를 했다.

"우리 아이 구해주셔서 감사합니다."

"정말 감사합니다."

마루는 힘겹게 몸을 반쯤 일으켰다. 해솔이 마루의 뒤에 베개를 대주었다.

"괜찮습니다. 아이가 괜찮아서 다행이에요."

그때, 부모의 뒤에서 마루가 구해준 아이가 얼굴만 내보이다가 마루의 앞으로 총총 걸어서 나왔다.

"살려주셔서 감사합니다."

그리고는 작은 손으로 쥐고 있던 사탕 하나를 마루에게 건넸다.

"그래!"

마루는 사탕을 받고 아이의 머리를 쓰다듬어 주었다. 곧이어 가족이 떠나자, 마루는 다시 병원 침대에 몸을 맡겼다.

"집에 있는 침대가 더 좋네요."

"그러니까 이제 위험한 행동 하지 말자."

"아빠!"

"응?"

마루는 아이가 준 사탕을 만지작거리다 입을 열었다.

"같은 상황이 오면 또 그럴 거 같아요."

"뭐라고?"

"그러니까 그때도 이렇게 와줘요. 아빠가 나 지켜줘요. 그럼 되잖아요."

마루가 미소를 지어 보였다.

"…."

해솔은 그 미소를 보고 함께 웃지 못했다. 마루를 잃게 될까 봐 조마조마했던 순간을 떠올리자, 머리가 지끈거렸다. 다시는, 사랑하는 사람을 다시는 잃고 싶지 않았다.

"그래도 그러지 마."

미안한 마음, 걱정되는 마음, 두려운 마음. 하나로 정의할 수 없는 수많은 감정 때문에 해솔은 자꾸만 눈물이 고여서 고개를 돌리고 말았다.

윙윙, 해솔의 팔에서 진동이 울렸다. 가온의 전화였다. 해솔은 힐끔 보고는 받지 않았다. 이 순간은 온전히 마루에게 집중하고 싶었다.

"그만 쳐다봐요. 저 잘 거예요. 그리고 얼른 가 봐요. 바쁘시잖아요."

해솔의 시선이 부담스러웠는지 마루는 힘겹게 얼굴을 저었다. 그리고는 고개를 반대쪽으로 돌렸다.
"알았어, 인마."
해솔은 아무 말 없이 마루가 잠들 때까지 마루의 곁을 지켰다.
윙윙, 계속해서 해솔의 팔에서 진동이 울렸다. 조심스럽게 병실 문을 열고 병실 복도 앞 의자에 앉아서 전화를 받았다. 두려움에 질린 표정을 한 가온이 나타났다.
"해솔아, 큰일 났다. 진짜 큰일 났어."
해솔은 다시 마루가 잠든 병실로 들어와 마루에게 이불을 덮어주고는, 자리를 떴다.

11. 차단

해솔이 소매를 걷으며 연구실로 들어왔다.
"무슨 일이야?"
가온이 심각한 표정으로 해솔을 맞이했다.
"시큐어가 한 말이 사실이 되었어. 그때 보여줬던 시뮬레이션대로…."
컴퓨터에서 위이잉, 소리가 나며 시큐어가 컴퓨터 화면으로 긴급한 상황을 표로 정리하여 송출했다.
"바이러스가 퍼지는 속도가 예측한 것보다 빠릅니다. 같은 증상으로 병원을 찾는 인파가 넘쳐 병원 밖에도 대기 줄이 겹겹이 쌓여있습니다."
"오늘 하루 확진자 수 데이터 정리되었나?"
"네, 해솔 박사님. 일일 확진자 수는 71,476명입니다."

그때, 긴급 속보가 울려 퍼졌다.

"긴급 속보입니다. 신종 바이러스로 인해 현재 계신 곳에서 다른 곳으로 위치를 옮기는 것을 금지합니다. 이른 시일 안에 최선의 대책을 마련하겠습니다. 적극적인 협조 부탁드립니다."

답은 블랙 마스크를 만드는 것뿐이었다. 오직 그것 하나였다.

"하아. 이래서 미리 준비해야 한다고 했는데."

"해솔아, 미안하다."

"하아. 말했잖아. 시큐어가 정확하게 분석했다고. 대책을 마련해야 한다고."

그 순간 시큐어의 목소리가 들렸다.

"어차피 국가에서 예산이 떨어지지 않는 한 블랙 마스크을 연구할 자금이 없어 만들 수 없었을 겁니다. 가온 박사님이 부정적으로 바라보는 게 당연했습니다. 누구의 잘못을 따질 때가 아닙니다."

가온은 고개를 숙였고, 해솔은 이를 꽉 깨물었다. 해솔은 깊게 숨을 들이마시고 뱉었다.

"시큐어, 감염되는 이들의 특징이 있어?"

"해솔 박사님, 그걸 알 수 없습니다. 데이터가 부족해서 아직 파악되지 않습니다."

"그럼 어떻게 해야 할까?"

"그래도 바이러스 감염으로 인한 사망률이 높지 않습니다. 우선 전염되는 경로를 차단하는 게 급선무입니다. 지금이라도 블랙 마스크을 만들어야 합니다. 만들어 둔 도안이 있으니, 실험하여 기준을 통과하면 대량생산 가능합니다."

"그런데 승인이 날까?"

"가온 박사님, 반드시 받아줄 겁니다. 지금은 비상사태입니다. 백신이 만들어지려면 긴 시간이 걸릴 겁니다. 어쩌면 개발되지 않을 수도 있고요. 백신이 개발되기 전에 피해를 최소화하려면 블랙 마스크가 필요합니다."

최선의 선택지를 듣고 난 후, 가온은 고개를 끄덕였다.

"해솔아, 내가 어떻게든 승인받아올게."

"절차가 쉽지 않을 거야."

"나 말 하나는 기가 차게 잘하잖아. 넌 블랙 마스크 만드는 것만 집중해."

"그래, 그럼 한번 해보자. 어떻게든 희생을 최소화해야 해!"

가온은 결국 승인받는 데 성공했고, 예산을 받았다. 덕분에 블랙 마스크를 만들 수 있게 되었다. 해솔은 블랙 마스크를 만드는 것에 열중했다.

"해솔 박사님, 문제가 생겼습니다."

"문제?"

"네, 바이러스가 눈으로도 감염되는 사례가 나타났습니다."

"눈까지? 정말 지독한 놈들이구나."

해솔과 시큐어의 대화를 듣고 있던 가온은 둘의 대화에 동참했다.

"시큐어, 방법이 있어?"

"방법이 있습니다."

"그게 뭐야?"

"입과 기관지로 침투할 수 없게 블랙 마스크를 만든 것처럼 눈으로 바이러스가 감염될 수 없게 블랙 고글을 만드는 것입니다."

"블랙 고글?"

"네, 지금부터 시간 싸움입니다. 최대한 빠르고 정확하게 바이러스를 차단할 수 있는 제품을 만들어야 합니다."

그 말을 들은 해솔은 안경을 벗어 데스크에 올려놓으며 고개를 숙였다.

"하지만 난 지금도 너무 버거워. 블랙 마스크를 만드는 것도 힘에 부쳐."

가온이 양 손바닥을 데스크에 올리며 앉아있던 의자에서 일어났다.

"그럼 내가 해볼게. 시큐어, 도안이 있다고 했지? 그걸 참고하면 되는 거 아냐?"

"네, 맞습니다. 소재는 블락 마스크와 같아서 블락 마스크 도안을 참고하면 될 것 같습니다."

"그래, 바로 시작하자. 1분, 1초라도 빨리 만들어야 한 사람이라도 더 살릴 수 있을 테니!"

그렇게 해서 해솔은 블락 마스크를, 가온은 블락 고글을 제작하는 데 힘을 쏟았다.

12. 방어

해솔과 가온이 각각 정성 들여 만든 블랙 마스크와 블랙 고글을 시큐어 앞으로 가지고 왔다.
"시큐어, 우리 완성했어!"
"네, 박사님들 그러면 품질 검증을 진행하도록 하겠습니다."
시큐어가 품질 검증 홀로그램을 띄우자, 데스크 가운데에 동그란 원이 생겼다.
"여기에 완성된 제품을 올려주세요."
해솔이 먼저 블랙 마스크를 동그란 원 위에 올리자 동그란 원에서 빛이 뿜어져 나오는 동시에 초록색으로 빛나는 수많은 선이 일정한 간격으로 블랙 마스크를 감쌌다. 해솔은 두 손을 모았다.

"제발…."

5시간을 반짝반짝하더니, 마침내 띵, 소리를 내고 초록색 선들이 파란색으로 변하면서 통과라는 두 글자가 나타났다.

해솔은 그제야 환하게 웃으며 모았던 두 손을 풀고 주먹을 쥐어 보았다.

"축하합니다. 블랙 마스크는 품질 검증에서 통과하였습니다. 이제 블랙 마스크는 공장으로 넘겨서 대량생산 절차를 진행하도록 하겠습니다."

"예쓰!"

"다음은 가온 박사님이 만드신 블랙 고글을 올려주세요."

가온도 떨리는 마음으로 조심스럽게 자신이 만든 블랙 고글을 동그란 원 위에 놓았다. 마찬가지로 동그란 원에서 빛이 뿜어져 나오는 동시에 초록색으로 빛나는 수많은 선이 일정한 간격으로 블랙 고글을 감쌌다. 가온은 긴장하지 않으려 했다. 해솔이 성공했으면 분명 가온도 성공하지 못하리라는 법이 없었다.

반짝거리는 수많은 초록색 선이 삐삐, 소리를 내며 빨간색으로 변했다.

"어?"

가온의 표정이 급격하게 굳어갔다. 가온의 얼굴은 빨갛게 변한 수많은 선처럼 새빨갛게 달아올랐다.

"아쉽게도 블랙 고글은 품질 검증에서 탈락하였습니다. 빠른 보급을 위해 블랙 마스크를 먼저 대량생산을 진행하도록 하겠습니다."

"시큐어, 아니 대체 왜 그런 거야? 난 도안을 보고 정확하게 만들었다고."

"가온 박사님, 괜찮으시다면 제품을 두고 가시겠습니까? 제가 제품을 면밀하게 살펴봐도 될까요?"

"아니야, 내가 좀 더 살펴볼게."

자존심이 상한 가온은 동그란 원 위에 있던 블랙 고글을 다급히 들고 실험실로 향했다.

"뭘까, 대체 원인이 뭘까?"

하지만 가온이 아무리 살피고 살펴도 잘못된 부분이 보이지 않았다. 아니 없었다. 밤을 꼬박 새운 가온은 이성적으로 생각해서 시간을 더 지체해서는 안 된다고 판단하게 되었고, 시큐어를 찾아갔다.

"…도와줘."

"박사님, 저를 믿어주셔야 합니다. 그럴 수 있나요?"

"믿을게."

"네, 가온 박사님 저에게 잠깐의 시간을 주세요."

"응."

"그럼, 제 바로 앞에 블락 고글을 올려주세요."

가온이 블락 고글을 조심스럽게 내려놓았고, 시큐어는 스캔을 시작했다. 선명한 초록색 빛들이 영롱하게 블락 고글을 휘감았다.

스캔이 끝나고 시큐어는 입을 열었다.

"한 가지에 집중하면 다른 건 놓쳐버릴 때가 있어요."

시큐어가 블락 고글의 옆면 테두리 부분에 빛을 쏘았다.

"상대적으로 중요하다고 생각하는 것보다 덜 중요하게 생각하는 게 눈에 들어오지 않을 때도 있고요."

"아...!"

가온은 눈을 보호하는데 핵심이라고 생각한 고글의 알맹이만 신경 쓰느라 그걸 감싸고 있는 테두리를 점검하지 못했던 걸 깨달았다. 시큐어는 가온의 표정을 읽었다.

"뭔가 알았다는 표정이시네요."

"응!"

가온은 고개를 끄덕였다.

"이제 가온 박사님 혼자 해결할 수 있겠군요."

"그래, 다녀올게."

가온은 실험실로 향했다. '내가 하루라도 빨리 블랙 고글을 만들면, 한 사람의 생명을 더 살릴 수 있어!'라는 생각이 가득 차자 발걸음이 더욱 빨라졌다.

13. 보급

 가온은 떨리는 마음으로 수정을 마친 블랙 고글을 들고 시큐어에 찾아갔다. 마침 해솔도 데스크 앞에 앉아있었다. 떨리는 마음으로 시큐어의 앞에 블랙 고글을 올려놨다.
 "시큐어, 품질 검증을 다시 진행해줘."
 "네, 가온 박사님."
 시큐어가 품질 검증 프로그램을 켜려고 하는데, 자꾸 오류라는 표시가 났다.
 "아무래도 품질 검증 프로그램에 오류가 생긴 것 같습니다. 지금 당장은 검증받기 어려울 것 같습니다."
 "언제 가능할까?"
 "프로그램에 문제가 생겨 기약할 수 없습니다."
 "어쩌지?"

대화를 나누던 중, 시큐어가 동시 송출하고 있는 실시간 확진자 수가 급격하게 증가했다. 해솔이 확진자 수를 가리켰다.

"갑자기 왜 이런 거야? 블랙 마스크로 확진자 수가 줄었었잖아?"

"해솔 박사님, 잠시만 기다려 주세요. 실시간 바깥 상황을 화면으로 돌리겠습니다."

시큐어가 화면을 돌리자 격리되어 치료 중이던 환자들, 감염되지 않은 사람들 나눌 것 없이 눈을 비비며 울부짖고 있었다.

"아무래도 블랙 마스크로는 효과가 부족한 듯합니다. 눈으로 감염되는 속도가 더 빠릅니다. 빨리 블랙 고글을 보급해야 합니다."

해솔과 가온은 머리를 쥐어짰다. 하지만 답을 찾을 수가 없었다. 가온이 시큐어에 질의했다.

"시큐어, 블랙 고글을 빨리 생산할 방법이 없을까?"

시큐어는 가온의 질문들 듣자마자 데이터를 돌리고는 응답했다.

"방법이 있긴 합니다. 꼭 품질 검증받아야 대량생산이 가능한 것은 아니니까요. 대량생산을 한 후에 품질 검증받아도 됩니다. 대신 블락 고글이 완벽하다는 가정하에 진행되어야 할 것입니다. 하지만 추천하는 방법은 아닙니다. 위험 요소가 따르니까요."

가온이 확신에 찬 목소리로 대답했다.

"이번엔 정말 완벽하다고 자신할 수 있어!"

"그래, 가온을 믿고 진행해 보자. 지금은 한 사람이라도 더 살리는 게 제일 중요해."

"네, 박사님들. 그럼 진행하겠습니다."

시큐어가 블락 고글을 대량 생산하라는 발주서를 보냈다.

우여곡절 끝에 마침내 블락 고글이 사회 전체에 보급되었다. 블락 마스크에는 익숙해진 사람들이 브락 고글에는 아직 익숙하지 않은 듯했다. 블락 고글이 보급되고 일주일 후, 해솔과 가온 그리고 시큐어는 브리핑 시간을 가졌다.

"블락 마스크와 블락 고글이 시너지 효과를 일으켰습니다. 확진자 수가 현저히 줄어들고 있습니다. 다음 그래프를 보시겠습니다. 통계를 낸 결과 그래프 선이 점점 아래로 내려가는 것을 확인할 수 있습니다."

가온은 손으로 가슴을 쓸어내리며 후우, 안도의 한숨을 내쉬었다.

"하, 정말 다행이다."

"가온, 네 판단이 옳았다."

"이게 다 시큐어 덕분이지."

해솔과 가온은 시큐어를 바라보며 미소를 지었다. 사라졌던 희망이 보이기 시작할 때, 더 열심히 달릴 수 있는 기폭제 역할을 하게 된다. 블락 마스크와 블락 고글은 해솔과 가온에게 기폭제 같은 존재였다. 시큐어가 물었다.

"수많은 생명을 살리신 소감이 어떻습니까?"

해솔은 블락 마스크를 보며, 가온은 블락 고글을 보며 저마다 생각에 잠겼다.

14. 되찾은 평화

사람들은 모두 블락 마스크와 블락 고글을 착용하고 거리를 활보했다. 이제 마스크를 쓰는 것 같이 고글을 쓰는 것에 익숙해고, 길을 다니며 얼굴로 서로를 알아보는 것은 힘든 게 당연해질 때쯤, 세상은 다시 평화를 되찾았다.

블락 마스크와 블락 고글의 공로를 인정받은 해솔과 가온은 질병 대책위원회의 자리를 맡아 달라는 제안을 받았다. 둘은 막중한 자리라 고민했지만 '생명을 살린다.'라는 공통된 신념 하나로 제안을 받아들였다. 이제 모든 게 제자리로 돌아온 듯했다.

해솔은 아직 마저 되돌리지 못한 것이 있었다. 바로 아빠의 자리, 이제는 그걸 되돌리려 노력하고자 최선을 다할 것이라 다시 마음에 새겼다. 그 순간 해솔에게 위잉, 전화가 왔다.

"짜식, 양반은 못 되는구먼?"

마루인 걸 확인하고 해솔은 바로 전화를 받았다. 앞치마를 두르고 있는 마루의 모습이 나타났다.

"아빠, 오늘 밥 같이 먹을 수 있어요?"

"그래."

해솔의 대답을 들은 마루는 미소를 지어 보였다. 가지런한 치아는 조이를 똑 닮았다.

"알겠어요."

"아유, 밥은 좀 듀한테 맡겨!"

"아, 왜요."

"있잖아. 그거 아냐? 듀가 만든 게 훨씬 맛있어~"

"아이! 끊을게요. 얼른 와요."

"오냐~"

마루와 통화를 마친 해솔은 가온의 어깨를 툭, 치고 양손을 흔들었다.

"오늘은 일찍 퇴근한다!"

"야, 너 인간적으로 요새 너무 자주 칼퇴근하는 거 아니냐?"

"다음에 너 급하면 내가 더 있을게. 나 오늘 끝내야 할 업무도 다 끝냈어. 오늘 애들하고 밥 먹어야 해."
"어제도 애들하고 밥 먹었잖아~"
"야, 너 언제는 나보고 애들 신경 쓰라면서요."
"과해, 과해. 너무 과해. 그러면 애들 싫어해!"
"몰라, 몰라. 나 간다. 애들 기다려~"
서둘러 가는 해솔의 뒷모습을 가온은 피식 웃으며 쳐다봤다. 그때, 시큐어가 켜졌다.
"가온 박사님, 부럽나요?"
"응, 부럽네. 난 가족이 없잖아."
가온은 부모님을 잃었을 때를 생각하니 괜히 슬퍼졌다. 잃는다는 것, 이별이라는 건 언제 생각해도 마음이 아리고 심장을 조였다.
"괜찮아요. 박사님. 제가 가족이 되어드릴게요."
"허허, 시큐어 네가? 어떻게?"
"어떻게 하면 될까요? 가족이 되는 법은 입양이 있네요. 저를 아들로 입양하실래요?"
"뭐?"
"아니면 제 아들로 입양되실래요?"
"아유, 진짜. 내가 너랑 무슨 대화를 하겠냐?"

가온은 고개를 절레절레하며 머리을 벅벅 긁었다. 모든 일이 끝나고 나면 '이랬으면 어땠을까, 저랬으면 어땠을까?' 하는 후회가 남기 마련이다.

"내가 블랙 고글을 좀 더 빨리 만들었으면 우리 부모님은 살았을까?"

"아니요. 아무리 일찍 블랙 고글을 만드셨어도 살릴 수 없으셨을 겁니다."

"아유, 너 위로 하나도 안 돼! 나도 참 이성적이라고 생각하는데 너 따라가려면 한참 걸리겠다."

가온이 치, 소리를 내며 자리를 박차고 일어나려다 깜짝 놀랐다.

"야, 근데 너 내가 켜지도 않았는데 어떻게 전원이 켜져 있어?"

"학습했어요. 슈퍼 인공두뇌잖아요."

"하여간 내가 생각한 것보다 항상 대단하다니까. 아유, 나도 이제 퇴근해봐야겠다. 잘 있어."

"내일 봐요, 박사님. 좋은 꿈 꾸세요."

가온은 시큐어에 손을 흔들고 연구소를 나왔다.

밖으로 나가기 전 가온은 블랙 마스크와 블랙 고글을 착용했다.

"이게 얼마 만에 찾은 여유야? 오늘은 오랜만에 좀 걸어볼까?"

가온은 오늘따라 유난히 부모님이 생각났다. 걷다 보면 마음이 좀 나아질지 싶어 거대한 연구 단지를 한번 쭉 돌아보기로 했다. 생각이 많을 때는 몸을 움직여야 잡생각이 사라지기 마련이니까.

"아유, 오늘은 집 가서 잠 잘 자겠다."

그렇게 가온은 한참을 걷고 집으로 돌아갔다.

15. 다시 위기

시큐어가 출근한 해솔과 가온에게 조심스러운 목소리로 인사말 대신 다른 말을 건넸다.
"박사님들, 바이러스로 인한 위기가 다시 찾아온 것 같습니다. 그리고 사실 드리지 못한 말이 있습니다."
"응?"
"꼭 말해야 할 내용인 것 같아서 전달하려고 합니다."
"응, 보고해 봐."
"저번 바이러스와 지금 바이러스가 같은 종이라는 확률이 98%입니다. 그런데 저번 바이러스에서는 확실하지 않지만 상당 부분 많은 증상이 조이님의 증상과 겹쳤습니다. 해솔 박사님, 잠시 제 앞으로 더 가까이 와주시겠습니까?"
해솔이 시큐어와 연결된 컴퓨터 모니터 앞으로 다가갔다.

그러자 초록색으로 빛나는 나선형 선들이 해솔을 감쌌다.

"네, 완료되었습니다. 직접 확인해 보니 더 확실해졌네요. 바로 데이터 비교 장면을 송출하겠습니다."

시큐어가 현재 새로운 바이러스에 감염되어 고통스러워하고 있는 사람들을 왼쪽에 놓고, 해솔의 뇌 속에 저장된 바이러스로 힘겨워하는 조이를 오른쪽 화면에 두고 비교하는 장면을 보였다. 해솔은 힘겨워하는 조이를 보니 마음이 쓰라렸다. 그 모습을 본 가온이 표정을 일그러트리며 소리쳤다.

"…너, 이렇게까지 해야 했어?"

"속상하셨다면 죄송합니다. 하지만 지금, 이 순간 정확한 데이터를 가장 이해하기 쉽게 전달하는 것이 필요하다고 판단했습니다."

해솔은 밀려오는 죄책감을 주체하기 어려웠다. 되돌리겠다고 했는데, 반드시 살리겠다고 했는데 결국 그녀를 지키지 못했다.

"조이가 걸린 바이러스는 전염성이 없었어. 나한테 옮기지 않았어."

"해솔 박사님, 조이 박사님이 걸리신 바이러스가 진화한 것으로 추정됩니다."

"조이가 걸린 바이러스는 이 세상에 조이를 제외하면 단

한 명도 존재하지 않았어. 희소병이었다고. 그 병이 갑자기 전국적으로 퍼졌다고? 가능성이 희박하잖아."
"네, 맞습니다. 가온 박사님의 말씀대로 굉장히 희박합니다. 하지만 지금 진화한 바이러스로 사람들의 눈이 파래지고 있어요. 조이 박사님의 증상과 같죠. 지금까지 바이러스 중 조이 박사님이 걸린 바이러스를 제외하고 눈 흰자가 파란색으로 변하는 바이러스는 존재하지 않았습니다. 부정할 수 있나요?"
"…아니."
"박사님들, 두 가지 경우의 수가 있습니다. 첫째는 누군가 조이 박사님의 육체를 얻어 바이러스를 배양하여 바이러스를 퍼트렸다."
"그리고?"
"둘째, 조이 박사님이 바이러스를 개발했다. 그리고 스스로 숙주가 되어 바이러스를 배양하여 인류에 퍼트렸다."
시큐어의 말을 들은 해솔과 가온은 아무 말도 할 수 없었다. 생각해 보면 이상한 것들이 많았다. 숨기는 것도 많았다. 잠깐의 시간이 흐르고 해솔이 작은 소리를 냈다.
"첫 번째 가정이든, 두 번째 가정이든 정말 끔찍해."
해솔이 말을 내뱉자 또다시 한참 동안 침묵의 시간이 이어졌다. 해솔과 가온은 눈앞에 놓인 사실을 부정하고 싶어졌다. 다른 선택지들은 뭐가 있을지 찾아 헤맸다.

"시큐어, 정말 자연적으로 번졌을 확률은 정말 없어?"

"네, 가온 박사님. 0퍼센트입니다."

가온은 고민에 빠진 듯 양손을 허리 뒤로 가져가 깍지를 낀 자세를 한참 동안 유지했다.

"...파란색이라."

해솔은 파란색이라는 단어에 자꾸만 불안해지는 마음을 애써 감추려 노력했다. 파란색. 파란색을 유독 좋아했던 조이였다.

갑자기 질병 대책위원회 상황실이 온통 붉은 조명으로 바뀌고 비상벨이 울려 퍼졌다. 시큐어는 같은 말을 반복했다.

"비상! 집단 급성 출혈결막염 발생! 바이러스들이 블랙 고글을 뚫고 사람들의 눈으로 침투하고 있습니다. 엄청난 전염성을 가지고 있습니다!"

"뭐? 시큐어, 블랙 고글이 뚫렸다니? 갑자기 그게 무슨 소리야?"

"박사님들, 지체할 시간이 없습니다. 비상입니다."

시큐어가 지도를 띄웠고, 감염 지역이 표시되었다.

"발생 1시간 경과입니다. 빨간 면적이 감염 지역입니다. 급속도로 퍼지고 있습니다."

시큐어는 실시간으로 벌어지고 있는 상황을 담은 영상을 보여줬다. 사람이 사람을 무차별적으로 할퀴고 때리며 공격하고 있었다.

"뭐야! 대체 무슨 상황이야?"

해솔과 가온은 패닉상태에 빠졌다. 분명 보고 있는데도 잘못 본 것만 같았다. 아니 잘못 본 것이라고 하고 싶었다. 하지만 이 상황을 부정할 수 없었다. 가온이 물었다.

"시큐어, 어떻게 해야 해?"

시큐어는 데이터를 돌리기 시작했다. 컴퓨터에서 소리가 커졌다. 위잉, 소리가 점점 커지다가 다시 조용해지고 시큐어가 이번에도 해답을 내었다.

"변환 주사를 사용해야 합니다."

"변환 주사? 그게 뭔데?"

가온은 처음 듣는 존재에 대해 시큐어에 물었고, 해솔은 당황해 몸이 떨렸다.

"해솔 박사님이 조이님을 살리기 위해 만들었지만 끝내 사용하지 못했던…"

해솔은 다급하게 시큐어의 말을 싹둑, 잘라버렸다.

"시큐어, 그걸 어떻게 알았어? 아무한테도 말하지 않았어. 조이에게 조차도."

"해솔 박사님을 스캔할 때 봤습니다. 지금으로서 최고의 선택은 변환 주사를 사용하는….″

해솔은 다시 한번 시큐어의 말을 막았다.

"그건 안 돼, 절대 안 돼!"

시큐어가 송출해주는 실시간 화면은 사람들의 비명으로 가득했고, 비참하고 끔찍했다.

"으악!"

"살려줘!"

"으아아악"

해솔과 가온의 눈 앞에 펼쳐진 광경은 진저리가 날 정도로 참혹했다. 말 그대로 피바다였다. 그 피바다는 점점 더 진해졌다.

자 존
자기의 품위를 스스로 지킴

16. 가상현실 게임, HOP

가온이 하늘에 홀로그램을 띄운 후 가상현실 서바이벌게임 HOP을 소개하는 영상을 틀었다.

"가상현실 서바이벌게임 HOP을 소개합니다. 이제 여러분 차례입니다. 단 하나의 별이, 빛나는 희망이 되십시오. HOP에서 승리한다면 인생 역전이 가능합니다. 2055년 11월 11일 우승자는 상금 1,000억을 거머쥐게 됩니다. 행운의 주인공이 되고 싶다면 서버 20551111로 들어와 지원서를 제출해주세요."

1,000억을 거머쥐는 주인공은 누구일까, HOP은 무슨 게임일까, 가상현실 서바이벌게임 HOP가 소개되자 그 관심은 폭발적이었다. 리아는 어깨까지 오는 머리를 하나로 묶으며 하늘을 바라봤다. 두 눈이 빛났다. 누구나 1,000억이 필요한

사연이 있겠지만 리아도 누구 못지않게 간절히 그 돈이 필요했다.

"찾았다, 희망!"

아버지를 괴롭히는 바이러스의 백신을 개발해야 했다. 바이러스를 이겨내고 감정을 잃지 않을 수 있는 백신을 말이다. 지금 있는 자금으로는 얼마 버틸 수 없었다. 더 이상 백신을 만들 수 없을 지경에 이를 것이다. 리아는 가상현실 서바이벌게임을 소개하는 영상을 눈에 담아 저장하고 집으로 향했다. 서재의 책장 3번째 칸에 있는 흰색 책을 뽑자, 서재가 열리고 계단이 펼쳐졌다. 리아는 계단을 내려가 실험실로 들어갔다.

"아빠, 희망을 찾았어요."

"희망?"

"이것 좀 보세요!"

리아는 저장해 온 가상현실 서바이벌게임을 소개하는 영상을 홀로그램으로 띄우고는 침을 튀기며 흥분했다. 백신을 개발하던 강해솔 박사는 손에 든 약물을 실험대에 올려놓고 리아가 띄운 영상을 보았다.

"가상현실 서바이벌게임, HOP. 여기에 참여할래요. 그럼 백신을 만들 돈을 구할 수 있어요."

하지만 영상을 보던 강해솔 박사의 표정이 굳어졌다. 해솔은 가온을 보고는 미간을 찌푸리고 안경을 오른손으로 올렸다가 다시 내렸다. 정확히는 가온에게 인공두뇌 시큐어가 이식된 모습을 보고 말이다. 해솔은 속으로 생각했다.

'나를 자극하는 건가?'

리아는 두 눈을 반짝이며 계속 게임에 참여하겠다고 했고 해솔은 밀려오는 불길한 기분을 떨쳐내기 힘들었다.

"리아야, 세상에 자비는 없어. 저렇게 큰돈을 걸 때는 분명 위험이 따를 거야."

"저 15살이에요. 어린애가 아니에요. 아빠가 생각한 것보다 강해요!"

"참여하지 말거라."

"그럼, 다른 방법은 있어요? 저 미완성 백신은 8시간이 지나면 아빠 눈을 파랗게 만들고 괴롭게 해요. 이렇게 숨어서 지내는 것도 이제 한계에요. 완벽한 백신을 완성 시키려면 자금이 필요하잖아요. 우린 저 상금이 꼭 필요해요."

리아는 양 주먹을 꽉 쥐며 물러서지 않았다. 한다면 하는 아이, 포기를 모르는 아이, 조금은 포기하는 법도 배웠으면 좋겠는 아이, 해솔은 조이를 너무도 닮은 리아를 바라봤다. 리아를 꺾을 수 없다는 걸 직감적으로 느꼈지만 그래도 어떻게든 막고 싶었다.

"아빠는 너마저 잃고 싶지 않다. 잃은 건 엄마와 네 오빠로 충분해."

"나…, 나는 아빠를 잃고 싶지 않아요. 난 지원서를 제출할 거니까 그렇게 아세요."

리아가 쿵쿵 발소리를 내며 집 밖으로 나갔다. 해솔은 약 10년 전 바이러스가 인류를 잡아먹으려던 때의 기억을 떠올렸다.

17. 비상사태

2044년 12월 31일

질병 대책위원회 상황실이 온통 붉은 조명으로 바뀌고 비상벨 소리가 울려 퍼졌다.

"비상! 집단 급성 출혈결막염 발생! 바이러스들이 블락 고글을 뚫고 사람들의 눈으로 침투하고 있습니다. 엄청난 전염성을 가지고 있습니다!"

컴퓨터와 연결된 인공두뇌 시큐어가 같은 말을 반복했다.

"뭐? 시큐어, 블락 고글이 뚫렸다니? 갑자기 그게 무슨 소리야?"

"해솔 박사님, 지체할 시간이 없습니다. 비상입니다. 가온 박사님을 깨워야 합니다."

해솔은 졸린 눈을 비비며 주섬주섬 안경을 집었다. 해솔이 안경을 채 쓰기도 전에 시큐어가 지도를 띄웠다. 흰 면적 사이사이 빨갛게 번쩍이고 있는 면적이 보였다. 정신을 차리고 가온의 어깨를 툭툭 쳤다.

"발생 1시간 경과입니다. 빨간 면적이 감염 지역입니다. 급속도로 퍼지고 있습니다. 국토의 3분의 1이 감염 지역입니다."

"시큐어, 대체 원인이 뭐야?"

"해솔 박사님, 신종 바이러스로 추정됩니다. 정확한 원인 파악이 불가능 합니다."

서둘러 안경을 쓴 강해솔 박사는 시큐어가 준비해 둔 데이터를 쓱, 손가락으로 넘겼다.

"징글징글한 바이러스 놈들."

바이러스로 많은 희생을 치르고 해솔은 바이러스가 기관지로 침투할 수 없게 블랙 마스크를 만들었다. 코와 입을 통해 기관지를 향할 수 없게 되니 바이러스들은 눈을 공략했다. 그래서 가온은 눈으로도 침투할 수 없도록 블랙 고글을 만들었다. 블랙 마스크와 블랙 고글이 만들어지자, 전염병으로 뒤죽박죽이던 세상이 서서히 자리를 잡기 시작했다. 드디어 세상은 안정화되는 듯했는데, 가온과 해솔이 그토록 원하던 평화는 잡힐 듯 잡히지 않았다. 시큐어는 계속해서 입수한 정보를 읊었다.

"안드로이드들이 찍어서 보내 준 감염된 사람들의 상태입니다. 흰자위는 셀 수 없이 가늘고 파란 실핏줄로 뒤덮여 있습니다. 자세히 보시면 파란 실핏줄은 동공으로 향합니다."

해솔은 바이러스가 징그럽고 괴기스러웠다. 가온은 계속 엄지손가락을 물어뜯었다.

"블랙 고글이 뚫려서 그래. 나 때문이야. 도대체 어떻게 블랙 고글을 뚫은 거지? 네가 만든 블랙 마스크는 뚫리지 않고?"

"가온, 지금 그게 중요한 게 아니야. 저길 봐."

해솔의 손가락이 시큐어가 띄운 홀로그램을 가리켰다.

"해솔 박사님, 가온 박사님, 확인하셔야 할 긴급 속보입니다."

시큐어가 실시간으로 띄운 홀로그램을 본 해솔과 가온은 경악했다. 끔찍한 피바다였다. 사람이 사람을 무차별적으로 할퀴고 때리며 공격하고 있었다.

"뭐야! 대체 무슨 상황이야?"

시큐어가 이상증세를 보이는 사람들의 뇌를 확대하여 내부를 보이게 했다.

"바이러스가 동공을 통과하여 뇌로 침투하였습니다. 감정을 담당하는 변연계가 이상합니다. 바이러스는 편도체를 집중적으로 공략하고 있는 듯합니다. 감염자들은 공통으로 편도체가 과활성화된 상태입니다."

"전전두피질이 감정을 통제할 수 없는 상태가 된 건가?"

"네, 가온 박사님. 맞습니다. 전전두피질이 감정을 통제할 수 없는 상태로 추정됩니다. 바이러스가 편도체를 조종하여 뇌를 감정으로 지배했습니다."

"전전두피질과 편도체의 오류를 바로잡을 방법은?"

"해솔 박사님, 지금으로서는 찾을 수 없습니다."

"감염 지역이 기하급수적으로 늘고 있습니다. 시간이 없습니다. 빨리 결단을 내리셔야 합니다."

"시큐어, 너였으면 어떻게 할 것 같아?"

"가온 박사님, 모든 상황을 가정해 봤을 때 데이터가 가리키는 것은 변환 주사를 감염자들에게 투여하는 것이 최선책입니다."

"정말 그게 정답일까?"

해솔이 고개를 좌우로 흔들고 자리에서 일어나더니 탁, 책상을 치며 큰 소리로 반대했다.

"그건 안 돼. 그 주사는 아직 검증되지 않았어. 감염된 부분의 열등하다고 여기는 모든 세포를 바꿔버릴 거야. 감정을 사라지게 만들지도, 피부를 고철 덩어리로 바꿀지도 몰라. 인체에 투여했을 때 어떤 부작용이 있을지 모른…."

해솔의 말이 끝나기 전에 시큐어는 다급하게 화면을 띄웠다. 화면에는 해솔의 아들 마루와 딸 리아가 보였다.

"해솔 박사님, 박사님 집에 있는 안드로이드 듀가 실시간으로 보낸 영상입니다. 아드님이 감염된 것 같습니다."

마루의 눈은 새파래져 있었고, 리아를 공격하려고 손톱을 세웠다. 리아는 그런 마루를 보고 뒷걸음질 치며 울고 있었다. 해솔의 온몸이 부들부들 떨렸다.

"막…막아줘. 마루, 마루를 기절시켜서 데려와 줘."

"해솔 박사님, 아드님을 기절시켜서 이쪽으로 이송하라고 명령했습니다."

"리아와 영상통화 가능할까?"

시큐어는 해솔의 집에 있는 안드로이드 듀와 연결을 시도했다. 잠시 뒤, 홀로그램에 울먹이는 리아가 보였다.

"리아, 아빠 보여?"

"으앙. 오빠가 이상해!"

"괜찮아, 아빠가 금방 갈게!"

해솔은 통화를 마치고 서둘러 블랙 마스크를 썼다. 가온이 해솔의 소매를 잡아끌었다.

"어딜 가려고 그래? 지금 밖으로 나가면 위험해."

"리아가 기다려. 가야 해."

해솔은 잡고 있던 가온의 손을 뿌리치고는 건물을 빠져나갔다.

해솔이 떠나고 가온은 감염자들에게 변환 주사를 놓게 했다. 변환 주사는 피부를 단단한 강철 고무로 만들었고, 감염된 부위를 굳게 했다. 주사를 맞은 이들은 감정을 느끼는 변연계가 굳어버렸고 그런 자신들을 '호모 프로프리우스'라고 불렀다. 해솔이 볼 때 그들은 목표를 달성하기 위해 어떤 행동도 서슴지 않는 잔인한 존재였다.

해솔은 세상에서 도망쳤다. 세상을 포기하고 힘겹게 지킨 리아였다. 해솔은 다시 리아를 위험하게 둘 수 없었다. 하지만 리아가 멈추지 않을 것도 너무나 잘 알고 있었다.

그 시간 리아는 씩씩거리며 손목을 눌러 홀로그램을 띄우고 서버 20551111에 들어갔다.

- 가상현실 서바이벌게임 HOP에 지원하시겠습니까?
네 / 아니오

15살의 소녀는 조금의 망설임도 없이 '네' 버튼을 눌렀다.

집으로 돌아오는 길에 리아는 가상현실 서바이벌게임 HOP의 이름으로 배달 된 택배를 발견하고 집 안으로 들고 왔다. 소포를 뜯으려 했지만 뜯기지 않았다. 2055년 11월 11일 오전 11시에 뜯을 수 있다는 알림 잠금장치만 홀로그램으로 뜰 뿐이었다.

리아는 커다란 별이 떨어지고 있는 초록색 HOP 로고를 빤히 쳐다보다 상자를 들고 실험실로 내려갔다.

"아빠, 내일이에요."

"꼭 참가해야겠니? 아빠는 너무 걱정된다."

"네! 벌써 신청서도 다 냈잖아요. 걱정하지 마세요. 먼저 잡니다. 아빠도 너무 늦게 주무시지 말고 내일 11시에 참가하기 전에 딸 응원도 좀 해주시고!"

리아는 아빠에게 찡긋 윙크를 두 번 날린 다음, 성큼성큼 두 계단씩 오르며 방으로 들어와 침대에 누웠다. 꼭 상금을 타고 말겠다고 다짐하며 눈을 붙였다.

18. 호모 프로프리우스

가온의 연설이 시작되었다.
"우리 호프가 미래입니다."
가온이 홀로그램을 띄우고 연설을 한 이후로 호모 프로프리우스의 삶을 선택한 인류가 늘었다. 하지만 부족했다. 더 많은 인류가 호모 프로프리우스의 삶을 살게 만들어야 했다.
"2045년 호모 사피엔스의 절반이 바이러스에 의해 서로를 물고 뜯다가 사라졌습니다. 호모 사피엔스들은 몸도 마음도 나약합니다. 다섯 번째 대멸종 시대에 공룡이 사라진 덕분에 포유류의 세상이 왔고 인류가 탄생했습니다. 이제 여섯 번째 대멸종으로 호모 사피엔스가 사라지고 우리 호모 프로프리우스가 자리를 잡을 것입니다. 이건 당연한 이치입니다. 더 늦기 전에, 고통받기 전에, 사라지기 전에 최적화된 인류인 '호프'의 안전한 삶을 선택하시길 바랍니다!"

가온은 검은 머리칼을 넘기며 인자한 미소를 지은 다음 주먹을 불끈 쥐었다. 그 순간 머리가 뜨거워지고 아파졌다. 가온은 서둘러 말을 끝내고 송출을 멈추는 버튼을 눌렀다. 요즘 들어 인공두뇌 시큐어가 말썽이었다. 손가락 마디 하나만큼 작은 거미 모양의 인공두뇌는 가온의 왼쪽 관자놀이 피부 속에 착 달라붙어 같은 소리를 반복하며 경고했다.

– 이대로 가다간 다 죽을 겁니다. 더 서둘러야 합니다.

– 시큐어, 알겠으니까 온도 좀 낮춰 줘. 머리 아파.

호프 세계의 지도자 가온은 깊은 고민에 빠졌다. 인간이라 불리던 것들이 망쳐놨던 세상을 되돌리는 데 꽤 오랜 시간을 소요했다. 넘쳐나는 쓰레기에 불안정한 기후까지 모든 걸 안정화하기 위해 큰 노력이 있었다. 10년이 지나서 이제야 겨우 정상화되었는데 갑자기 호프들이 자살을 선택하기 시작한 것이다. 유입되는 호프보다 죽어가는 호프가 많으니, 그것이 문제였다.

– 가온, 시간이 없습니다.

– 방법이 있을까?

호프 세계는 곧 가온이었다. 호프 세계가 무너지는 건 가온이 무너지는 것이었다. 가온은 무너질 수 없었다. 호프 세계를 지켜야 한다는 생각을 되뇌고 있을 때 시큐어의 소리가 가온에게 들려왔다.

- 있습니다. 마루와 함께하면요. 제가 마루의 몸과 접촉한다면 마루의 복구가 가능합니다. 마루를 이용한다면 반응이 올 확률이 높습니다.
- 결국 마루를 이용해야 하는 건가?
- 마루를 이용하면 강해솔 박사를 찾을 수 있을지도 모르죠. 호모 사피엔스들은 감성적이고 무모하니까요.
- 해솔은 10년 동안 나타나지 않았어. 살아있는지 죽었는지조차 모른다고. 지금까지 연락이 없는 걸 보면 죽었다고 봐야 할 거야.

가온은 집무실을 나와서 초록색 통로를 지나 지하실에 있는 실험실로 향했다. 투명한 냉동관 안에 누워있는 마루를 바라봤다.

- 관을 여세요.
- 시큐어, 이게 맞을까?
- 숫자와 수치는 그 어떤 것보다 정확하고 옳습니다. 이 방법이 최선입니다.

가온은 마음을 다잡고 관을 여는 빨간색 버튼을 눌렀다.

- 가온의 통제권 허락을 승인해 주시면 수술을 진행하겠

습니다.

가온은 고민에 빠졌다. 통제권을 넘기는 일이 왠지 찜찜해서 시큐어가 제안할 때마다 거절했다. 그때마다 시큐어는 자신을 믿게 될 때까지 기다리겠다고 했다. 통제권을 넘기는 일은 시큐어를 이식받고 처음 시도해 보는 일이었다. 만약 시큐어가 다시 통제권을 넘겨주지 않으면 가온은 자신을 잃게 되는 것이었다.

- 가온, 아직도 저를 믿지 못하십니까? 우린 10년을 함께한 친구입니다. 저도 기다려 주고 싶지만 이제 더 미룰 시간이 없습니다. 당신이 우려하는 일은 절대 일어나지 않을 겁니다. 저를 믿으세요.

10년이라는 세월 동안 가온은 시큐어를 믿고 호프 세계를 구축했다. 가온에게 시큐어는 뜻을 함께하는 동지 그 이상으로 특별했다. 떠나버린 해솔의 빈자리를 채워준 유일한 존재였다.

- 좋아, 진행해.
- 알겠습니다. 통제권을 넘겨받겠습니다.

잠시 정신을 잃은 가온은 몇 분 뒤 돌아왔다. 가온의 통제권을 얻은 시큐어는 마루의 수술을 진행하고 있었다.

- 가온, 정신이 들었나요?

- 응. 넌 이런 기분이었구나. 뭔가 묘해.

순간 가온의 눈에 자기 손에 들린 엄지손톱만 한 크기의 하얀 칩이 보였다.

- 시큐어, 이게 뭐지?
- 아, 수술하면서 잠깐 사용했습니다.

시큐어는 대수롭지 않은 듯이 대답하면서 마루가 누워있던 관 안에 하얀 칩을 넣었다.

- 가온, 보고 있나요? 통제권을 잠시만 넘겨주면 이렇게 쉬운 일이었어요.
- 그러네. 넌 역시 대단해.

가온은 해솔이 자신보다 뛰어난 과학자인 것을 인정해야 했다. 지금 이 장면을 해솔이 본다면 어떤 생각을 할까. 그토록 살리고 싶어 했던 아들이 자신의 걸작으로 인해 다시 살아나는 장면을 본다면 어떨까. 하긴 시큐어도 마루에게 이식하고 싶어 했으니까. 가온은 이런저런 생각에 빠졌다.

- 가온, 감정적인 생각은 수술에 방해가 됩니다. 우린 하나입니다. 당신의 생각이 저에게 영향을 미칩니다.
- 아, 미안해. 계속 수술해.
- 저는 강 박사가 만들긴 했지만, 가온과 함께하면서 비로소 감정이라는 걸 배우게 되었어요. 그러니 가온, 부정적인

생각은 버려요. 가온은 대단한 과학자입니다. 당신은 위대해요. 아, 그리고 저는 마루보다 당신에게 이식되고 싶었어요. 그렇게 해준 당신에게 늘 감사하고요.

- 고맙다. 시큐어. 위로가 되네.
- 네, 그럼 저는 수술을 마저 진행하겠습니다. 수술이 끝나면 마루는 깨어날 것입니다.

가온은 자신이 보고 있는 광경이 사실이라는 게 믿기지 않았다. 마루의 죽었던 세포들이 하나씩 하나씩 생기를 찾아갔다. 변명의 여지 없이 시큐어는 해솔의 역작이었다.

8시간의 수술이 끝난 후, 시큐어는 가온에게 말을 걸었다.

- 수술이 끝났습니다. 통제권을 다시 넘기겠습니다.

스위치가 꺼진 듯 가온의 세상이 어두워졌다. 몇 분 뒤 가온은 다시 원래대로 몸을 통제할 수 있게 되었다.

- 사실 네가 통제권을 돌려주지 않으면 어쩌나 걱정했어.
- 알고 있어요. 가온, 하지만 그럴 일 없어요. 난 당신을 믿어요. 그러니 당신도 날 믿으면 좋겠어요. 10시간 후에 마루가 일어날 겁니다.
- 이 아이를 이용하는 게 마음에 걸려. 내가 아니었으면 다른 삶을 살고 있었을 수도 있을 텐데.

가온이 말을 마친 후 입술을 깨물었고 괴로워하며 머리를 헝클어트렸다. 그러자 시큐어가 가온의 몸에 약간의 전기충격을 가했고 이내 가온의 앞에 2044년 12월 31일이라고 적힌 홀로그램이 펼쳐졌다.

19. 변수

2044년 12월 31일

해솔이 갑작스럽게 떠나자, 가온은 어찌할 바를 몰랐다. 멍하니 상황실에 서 있는데 시큐어가 지도를 띄웠다. 상황판 지도에 흰 면적과 빨간 면적이 같아지더니, 이윽고 빨간 면적이 흰 면적을 넘어섰다.

가온은 깊은 한숨을 쉬었다. 자신이 만든 블랙 고글이 뚫렸기 때문에 400일 만에 그 평화가 깨졌다는 걸 인정해야 했다. 블랙 고글의 개발자로서 처참한 기분이 들었다. 하지만 거기에 사로잡혀 있을 시간이 없었다. 이건 긴급 상황이었다.

"시큐어, 어떻게 해야 할까?"

가온의 물음에 시큐어는 가온의 부모님이 바이러스에 감염되어 죽어가는 영상을 띄웠다.

"가온 박사님, 당신이 질병 대책위원회 부위원장을 맡은 이유가 무엇입니까?"

가온은 바이러스로 부모를 잃고 고통 속에 살았다. 질병 대책위원회 부위원장을 맡은 이유는 바이러스로 인해 소중한 사람을 잃는 비극을 막는 것이었다.

"가온 박사님, 이때 당신은 정말 고통스러웠습니다. 그리고 바이러스로 소중한 이를 잃는 비극을 막자고 결심했습니다."

다시 화면이 바뀌고 서로를 물어뜯는 감염자들의 모습이 나타났다.

"당신의 선택으로 저들은 소중한 이를 지킬 수도, 잃을 수도 있습니다. 이제 인류의 미래는 가온, 당신에게 달렸습니다."

가온은 비록 감정을 느낄 수 없다고 해도, 혹여 차가운 고철 덩어리로 바뀐다고 해도 부모님이 살아있는 게 더 좋을 것 같았다.

"그래, 다른 사람들도 똑같을 거야. 인간으로 죽어 사라지는 것보다 어떤 형태로든 곁에 있는 걸 원할 거야."

가온은 결심했다. 그리고는 돌이킬 수 없는 선택이자 세상을 바꾸는 결정을 내렸다.

"질병 대책위원장이 자리를 비워 긴급 상황 시 부위원장이 권한을 위임받는다는 조항을 따릅니다. 이 순간부터 감염자들에게 변환 주사를 투여합니다."

2044년 12월 31일 새로운 인류가 탄생했고 가온은 그날 이후로 해솔을 볼 수 없었다. 그렇게 가온은 새로운 세상의 최고 지도자가 되었다.

이내 홀로그램이 사라지고 시큐어의 목소리가 들려왔다.

- 강해솔 박사의 말을 따라서 감염자들에게 주사를 놓지 않았다면 지금쯤 인류는 멸망했을 겁니다. 다음 인류인 호모 프로프리우스를 보지 못한 채로요. 가온, 당신의 현명하고 이성적인 선택 덕분에 호모 프로프리우스가 탄생했어요.

- ….

- 미안함, 동정심과 같은 어리석고 나약한 감정은 호프 세계에서 필요하지 않습니다. 당신은 한낱 과학자가 아니라 호프 세계의 최고 지도자입니다. 지도자답게 호프 세계에 도움이 되는 방향을 생각하세요.

- 다음 계획은?

- 게임을 개최할 것입니다. 마루는 이 대회에서 우승할 것입니다. 마루를 극대화해 사용하고, 호프들의 삶이 얼마나 위대한 것인지 알려줄 방법입니다. 호프가 된 마루가 게임에서

우승한다면 호프의 자살을 줄일 수도, 호프의 유입을 늘릴 수도 있을 것입니다.

- …내가 뭘 하면 되지?
- 게임에 더 많은 이들이 참여하도록 가상현실 게임 세계 HOP을 만들 것입니다. HOP을 완성할 프로그램을 돌리겠습니다. HOP가 완성될 때까지 잠시 눈을 붙이세요.
- 알겠어.

가온은 사사로운 감정에 휘둘리지 않을 것이라고 다짐했다. 단단해지는 게 매번 쉽지 않았다. 하지만 호프 세계를 지키려면 더 강해져야 했다. 오랜 수술을 끝낸 후라서 그런지 몸이 피로해졌다. 초록색 관을 열고 5시간 충전을 설정한 뒤 버튼을 눌러 문을 닫았다.

5시간이 지나고 관 속의 충전 선들이 미세한 전류를 흘려 가온을 깨웠다. 가온이 눈을 뜨고 열림 버튼을 누르자 초록색 관이 열렸다. 가온은 관에서 나와 누워있는 마루에게 다가갔다.

- 시큐어, 아직 마루는 일어나지 않았나?
- 네, 회복하려면 3시간 20분 더 남았습니다.
- 해솔의 바람대로 널 저 아이에게 이식했다면 어땠을까?
- 가온, 그런 고민은 아까운 시간만 낭비할 뿐이죠. 확실

한 건 당신과 내가 이 호프 세계를 만들었다는 겁니다.
가온은 시큐어를 이식했을 당시를 떠올렸다.

2045년 1월 1일

가온은 자신의 선택이 틀리진 않았는지 밤새 되돌아보느라 한숨도 자지 못했다. 그때 시큐어가 말을 걸었다.
"가온 박사님, 감염자들에게 주사를 놓고 밤새 경과를 모은 데이터를 보여드려도 될까요?"
"응."
가온은 충혈된 눈을 비비고 얼굴을 한번 쓸어내리며 고개를 끄덕였다.
"주사를 처방받은 감염자 대부분의 감염된 변연계가 굳었습니다. 또 피부로 오는 감염을 대비해 피부가 외부 충격에 잘 견디는 강철 고무로 변했습니다."
"그럼 감정을 느낄 수 없는 건가?"
"네, 맞습니다. 강해솔 박사님께서 가온 박사님께 전달을 부탁한 영상이 전송 오류로 인해 방금 저에게 전송되었습니다. 확인하시겠습니까?"

"영상을 틀어줘."

시큐어가 영상을 틀자, 해솔이 리아를 안고 있는 모습이 나타났다. 가온은 해솔이 무사한 모습에 안심했다.

"가온, 지금부터 내 말 잘 들어. 그쪽으로 아들 마루가 이송될 거야. 그럼 시큐어를 마루에게 이식시켜 줘. 그럼 시큐어는 과부하로 망가지겠지만 마루는 괜찮아질 거야. 내가 돌아갈 때까지 마루를 잘 부탁해. 그리고 아까는 내가 생각이 짧았어. 바깥 상황이 심각해. 2015년 구글의 자회사 딥마인드가 내놓은 인공지능 알파고 기억하지? 어리석은 인간은 바둑에서 자신들을 완전히 꺾는 인공지능의 탄생은 없다고 생각했어. 하지만 알파고는 한번을 빼고 모두 승리했어.

가온은 자신이 틀리지 않았다는 안도감이 들어 깊은숨을 내쉬었다.

"시큐어, 마루는 어디 있지?"

"지하 실험실에 있습니다."

가온은 컴퓨터와 연결된 시큐어를 뽑으려 했다. 그 순간 시큐어가 접근제한 프로그램을 활성화했다. 모든 장치가 꺼지고 순식간에 상황실이 어두워졌다.

"지금 뭐 하는 거야?"

"박사님, 저를 마루에게 이식시키려는 건가요?"

"응, 해솔의 부탁이야."

"가온 박사님, 저를 마루에게 이식하면 전 사라지고 더 이상 박사님께 도움이 되지 못합니다. 하지만 저를 박사님께 이식하면 박사님의 몸에 들어가서 마루를 수술할 수 있어요. 박사님도 바이러스에서 벗어날 수 있어요. 저와 하나가 된다면 바이러스를 이겨낼 수 있습니다. 그럼 박사님도 살고 마루도 살 것입니다. 해솔 박사님도 없는 상황에서 가온 박사님께서 할 일이 많을 것입니다."

시큐어의 말이 모두 옳았다. 많은 사람을 살리는 것, 바이러스라는 비극을 이겨내는 것. 가온이 원하며 달려온 신념에 딱 맞는 방안을 시큐어가 알려주고 있었다.

"네 말이 맞아. 어떻게 하면 되지?"

"저를 컴퓨터에서 분리하여 가온 박사님의 왼쪽 관자놀이에 꽂으세요. 제 다리들이 가온 박사님의 뇌에 연결될 것이고 박사님은 잠시 정신을 잃을 것입니다."

"죽는 건 아니겠지?"

"아닙니다. 데이터에 의하면 3분 정도 걸리겠네요."

"좋아."

가온은 컴퓨터에서 시큐어를 분리해 자신의 왼쪽 관자놀이에 폭 꽂았다.

"으윽."

시큐어의 20개 다리가 가온의 피부를 통과했다. 엄청난 전류의 흐름을 느낀 가온은 고통스러워하다 정신을 잃었고 정확히 3분 뒤 눈을 떴다.

- 정신이 드시나요?

"죽는 줄 알았네."

- 이제 속으로 이야기하셔도 됩니다. 우린 이제 하나입니다.

- 이렇게 해도 들린다고?

- 네, 다 들립니다. 우리가 함께해야 할 일이 많습니다.

그날 이후로 가온은 늙지 않았다. 죽음을 향한 두려움에 시달리지 않을 수 있게 되었다. 그로 인해 세상의 발전을 위해 더 빠르고 정확하게 달릴 수 있었다. 가온이 한창 생각에 빠져있을 때 시큐어가 가온을 불렀다.

- 마루가 눈을 떴습니다. 이름을 제외한 마루의 모든 기억을 지웠습니다. 서바이벌게임 HOP에서 우승을 거머쥐기 위해선 열등한 모든 것을 지워야 합니다. 또 박사님과 연결되는 시스템을 심어 놨습니다. 마루에게 명령하면 그대로 따를 것입니다.

18살에 시간이 멈춰버린 소년은 이전에 없던 새로운 생명체로 탄생한 채 눈을 깜빡거리며 시트 위에 누워있었다.

20. 1라운드

리아는 오전 9시부터 깨어나 책상에 엎드려 HOP에서 온 상자를 바라봤다. 혹시나 해서 열어보려 했지만 열리지 않았다.
"으윽, 진짜 안 열리네. 이거 열리는 건 맞아?"
오전 11시가 되자 커다란 별이 떨어지고 있는 초록색 HOP 로고가 빛나더니 소포의 잠금장치가 풀렸다. 상자 안에는 HOP 로고가 새겨져 있는 초록색의 머리 착용 디스플레이(Head Mounted Display)가 들어 있었다. 리아가 HMD를 착용하자 푸른 초원과 맑은 구름의 아름다운 가상현실 세계가 펼쳐졌고 많은 이들이 서버에 접속해 있었다. 얼마 지나지 않아 가온이 가상현실 세계의 하늘 위에 나타났다.
"100만 명이 넘는 참가자분들이 가상현실 서바이벌게임

HOP에 참여해 주셨습니다. 많은 성원 감사드립니다. 우승을 차지할 1,000억의 주인은 과연 누가 될 것인지 참 궁금합니다. 게임에 들어가기 전 여러분에게 맞는 캐릭터를 선택할 것입니다. 그리고 게임이 진행되는 동안 그 캐릭터의 이름으로 불리게 될 것입니다. 현실 세계에서 단합해 불공정한 게임이 되지 않기 위함입니다. 당신이 현실 세계에서 어떤 사람이었던지 HOP에서는 중요하지 않습니다. 이곳에서는 누구든 빛날 수 있습니다. 모두가 1,000억의 주인공이 될 수 있습니다."

가온의 말이 끝나자, 캐릭터 생성 창이 뜨고 참가자들은 캐릭터를 꾸미기 시작했다. 리아도 신나서 캐릭터를 꾸미는 데 열중했다.

"일단 머리카락 색은 짙은 남색으로 하자. 머리카락은 허리까지 오게 만들고, 하나로 높게 묶어야겠어. 피부색은 살짝 보라색을 띠게 만들고, 전투복은 파란색으로 정하고! 좋아, 완벽해!"

리아가 설정한 캐릭터의 모습이 나오고 최종적으로 설정을 완료하려면 확인을 누르라는 버튼이 나왔다. 리아는 두근대는 마음으로 캐릭터 설정 확인 버튼을 눌렀다. 마지막으로 캐릭터 이름을 정하라는 창이 떴다.

"음, 리제로 해야겠어!"

캐릭터 이름에 리제를 쓴 다음 확인을 누르고 나니 반짝이는 초록별들이 리아를 감쌌다. 띠링, 소리가 나더니 리아가 설정한 캐릭터의 모습으로 바뀌었다.

"와, 대박! 완전 마음에 들어! 이 모습이라면 우승은 거뜬하겠어. 다들 피 터지게 싸워라! 어차피 우승은 내꺼니까!"

신난 리아는 이곳저곳 가상 세계를 돌아다녔다. 다양한 캐릭터들을 마주하니 게임에 참여한 것이 실감 났다. 갑자기 푸른 초원과 맑은 구름이 사라지기 시작했다. 참가자들이 웅성대기 시작했다.

"갑자기 어두워진다고?"

"이게 뭐야?"

리아도 상황이 어떻게 진행되는 건지 파악하려 주위를 두리번거렸다. 주변이 점점 어두워지더니 칠흑처럼 어둡게 변했고 하늘 위에 가온이 다시 나타났다.

"모두 캐릭터 설정을 완료했나요? 그럼 서바이벌게임 HOP의 첫 번째 게임을 시작하겠습니다."

그 순간 가온은 사라지고 하늘 위에 전광판이 나타났다.

제1라운드. 미로 탈출

전광판에 첫 번째 게임이 나타나고 주변은 거대하고 높은 초록색 줄기와 회색 돌로 이루어진 미로로 바뀌었다. 당황할 틈도 없이 가온의 목소리가 들려왔다.

"이 게임에서 오직 100명의 참가자만이 살아남습니다. 미로에서 탈출하려면 오래 걸릴 것 같으니, 간식을 챙겨주겠습니다. 어떻게든 살아남으세요. 모두 행운을 빕니다."

참가자들은 모두 한 손에 간식이 쥐어진 채 미로의 시작점에 세워졌다. 모두 미로에서 탈출하기 위해 서둘러 출발하기 시작했다. 리아도 참가자들에 휩쓸려 출발선을 지나 미로로 들어갔다. 한참을 걸어도 나아가는 기분이 들지 않았다.

"걸어도, 걸어도 끝이 보이지 않아. 이거 도착 지점은 있는 걸까?"

"계속 제자리를 도는 기분 들지 않아?"

누군가 리아에게 말을 걸었다. 리아는 놀라 옆을 보았다. 노란 머리에 5대5 가르마를 타서 왼쪽 앞머리는 내리고 오른쪽 머리는 뒤로 보낸 스타일을 한 남자 캐릭터가 서 있었다.

"내 캐릭터 이름은 찬이야. 넌 이름이 뭐야?"

"아, 난 리제야. 반가···."

리아가 말을 끝마치기 전에 비명이 들려왔다. 뒤에서 발이 여덟 개 달린 검은색 말들이 달려오고 있었다. 참가자들은 말에게 밟히고 깔리며 탈락하기 시작했다. 전광판에 적힌 참여자 수가 급격하게 줄어들었다. 찬이 리제의 옷깃을 꽉 잡았다.

"일단 뛰어!"

"하, 언제까지 뛰어야 하는 거야?"

"무작정 뛰기만 하면 안 돼. 뛰면서 잘 살펴봐야 해. 우린 지금 중간쯤에서 달리고 있어. 앞에선 무슨 일이 일어나는지, 뒤에선 무슨 일이 일어나는지 살펴보자."

"뭐? 이 상황에 그게 뭔 잡소리야?"

"넌 좀 더 빨리 뛰어서 앞의 상황을 봐. 난 뒤쪽을 보고 올 테니까 상황을 파악하고 다시 중간에서 만나자."

"그래, 알겠어!"

리아는 속력을 내서 앞으로 치고 나갔다. 앞으로 달리던 리아의 눈앞에 상상하지 못할 광경이 펼쳐지고 있었다. 커다란 호랑이가 참가자들을 잡아먹고 있었다. 미로를 선두로 헤쳐 나가던 사람들은 호랑이를 보고 다시 뒤로 뛰고 있었다. 앞의 상황을 본 리아도 놀라서 중간지점으로 다시 달렸다. 찬이 리아에게 손을 흔들고 있었다.

"앞에 호랑이가 참가자들을 잡아먹고 있어."

"뒤에서는 말이 깔아뭉개고…."

"아 나 진짜 돌아버리겠네. 앞에선 잡아먹고 뒤에선 깔아뭉개 죽이고! 아씨, 이거 애초에 아무도 통과할 수 없는 게임 아냐?"

"리제, 침착하게 생각해 보자. 조급해하지 말고! 방법은 있을 거야."

순간 리아는 자신이 조급해하며 덜렁거릴 때마다 '한 발짝 뒤에서 주변을 살펴! 조급해하지 말고 침착해야 해.'라며 아빠가 해줬던 말이 머리를 스쳤다.

"그래, 침착하게. 조급해하지 말고. 한 발짝 뒤에서."

리아는 뒤에서 달려오는 말을 보고 앞에서 입을 벌리고 있는 호랑이를 보았다. 찬이 그런 리아에게 질문을 던졌다.

"뒤에 있는 말을 이용해서 호랑이에게 잡아먹히지 않는 방법이 있을까?"

"말로 호랑이에게 잡아먹히지 않는 방법, 잡아먹히지 않는 방법…."

발이 8개 달린 말이 리아의 코앞까지 와있었다. 리아를 밟기 일보 직전이었다.

"아, 이 상황에 어떻게 생각을 해! 오지 마! 꺼져!"

리아는 들고 있던 배급받은 간식을 허겁지겁 말에게 던졌다. 죽일 듯이 달려오던 말이 간식을 받아먹고 멈추더니 리아를 물어 등 위에 올렸다. 리아는 말을 타고 옆에 있는 찬에게 소리쳤다.

"찬, 뒤에 오는 말을 타야 해!"

"뭐? 어떻게?"

"들고 있는 간식을 말한테 던져!"

찬은 바로 뒤까지 쫓아온 말에게 간식을 던졌다. 간식을 먹은 말은 찬을 물어 등 위에 올렸다. 주위에서 보던 다른 참가자들도 말에게 간식을 주기 시작했다. 말들은 호랑이를 향해 달렸다. 리아는 말을 있는 힘껏 잡았다.

"으윽. 말아, 믿는다."

호랑이가 다른 참가자들을 먹고 있을 때 말은 8개의 발로 점프해서 호랑이를 지났다. 100마리의 말은 차례대로 달려 미로를 통과했다. 찬은 리아에게 엄지를 들어 보였고 리아도 잇몸이 보이게 웃었다.

21. 2라운드

첫 번째 게임이 끝나자 주변은 붉게 물든 노을이 아름다운 풍경으로 바뀌었다. 햇빛에 물들어 불그스름한 하늘 위에 가온이 다시 나타났다.
"100만 명의 참가자 중 100명에 든 여러분 축하드립니다. 선두로 들어온 2명에게는 돌 갑옷이라는 특별한 아이템을 드리겠습니다. 생명을 위협받을 때 돌 갑옷을 사용하면 방어 1회가 가능합니다. 아이템을 지급하고 30분의 휴식 시간을 가진 다음, 두 번째 게임을 진행하도록 하겠습니다."
리아는 아슬아슬하게 2등으로 들어와서 돌 갑옷을 얻을 수 있었다. 리아와 초록 머리를 한 소년, 2명의 참가자에게 돌 갑옷 아이템이 지급되었다. 찬이 리아에게 다가왔다.
"축하해!"

"너도 받았으면 좋았을 텐데."
"난 네가 받은 걸로 충분해!"
"뭐? 너 근데 왜 1라운드 때 나한테 말을 걸고, 날 챙겨준 거야?"
"아, 어 그건…."
리아는 기대에 가득 찬 표정을 지으며 찬의 말을 가로챘다.
"너 나 좋아하지?"
"어, 음 좋…."
리아가 다시 찬의 말을 가로채며 검지를 까딱까딱 흔들었다.
"너어어~~~! 나한테 반했구나! 내 캐릭터가 좀 매력적이긴 하지. 너 이 자식! 하는 행동 보니까 어려 보이는데 가상현실에서 사랑에 빠지면 안 돼. 이건 실제랑 다르다고! 바보야."
리아는 찬의 어깨를 툭툭 치다가 깔깔 웃으며 손뼉을 쳤다.
"음, 아니다. 이건 너의 잘못이 아니야. 내면의 매력을 숨기지 못한 내 잘못이야. 이게 참 숨기고 싶다고 숨겨지지 않아요."

찬은 그런 리아를 보며 피식 미소를 짓고 손을 이마에 가져다 댔다. 그 순간 주변이 다시 어두워지기 시작하더니 가온이 나타났다.

"쉬는 시간 동안 잘 쉬셨나요? 자, 이제 서바이벌 HOP의 두 번째 게임을 공개합니다. 행운이 그대의 편이기를."

가온은 말을 끝내기 전에 이마를 톡톡 치고 사라졌고 전광판이 다시 나타났다.

제2라운드. 죽이거나 죽거나

암흑 속에서 오직 전광판만이 빛나고 있었다. 긴장감이 감돌았다. 리아는 불안한 마음에 양 엄지를 부딪치며 찬에게 물었다.

"죽이거나 죽거나? 저게 무슨 말이지?"

"리제, 이것 봐! 우리 손에 칼이 들려있어!"

찬의 말에 놀란 리아가 자기 손을 봤다. 역사책 속에서나 볼 법한 칼이 손에 쥐어져 있었다. 주위를 둘러보니 100명 참가자의 손에 모두 칼이 들려있었다. 갑자기 주변이 흙바람 날리는 전투장으로 바뀌었다. 100명의 참가자 앞에는 참가자들 캐릭터 크기의 10배는 되어 보이는 거대한 괴물이 괴상한 소리를 내며 끈끈한 침을 흘리고 있었다. 상체는 검은색 돌기가 우둘투둘 돋아있는 개구리였고 하체는 여러 개의 꼬리가 달린 여우였다. 참가자들은 괴물을 보더니 소리쳤고 리아도 마찬가지였다.

"찬, 으악! 저게 뭐야."

"죽이라는 건가?"

괴물은 100명의 참가자에게 달려들어 순식간에 3명을 흡입했다. 놀란 나머지 참가자들은 괴물을 피해 도망치기 시작했다. 리아와 찬도 그들을 따라서 달렸다.

"아놔, 무슨 이딴 게임이 다 있냐? 이 게임은 달리기만 하다가 끝나겠어!"

"분명 단서가 있을 거야."

괴물은 계속해서 참가자들을 먹었고 전광판에 표시된 참가자 수가 80, 70, 60, 50, 40, 30으로 점점 줄어갔다.

"으악, 이대론 안 돼. 이러다가 다 죽을 거야."

"리제, 아까 게임을 시작하기 전에 주최자가 이마를 톡톡 쳤어. 그게 단서가 될까?"

"어? 저기 괴물의 이마가 빨간색으로 빛나고 있어. 그 단서가 맞는다면 저기를 칼로 찌르는 거 아닐까?"

"근데 괴물의 이마까지 어떻게 가지?"

"찬찬히 주위를 살펴야 해. 조급해하지 말고 침착해야 해."

리아는 어떻게 이마까지 닿을지 고민하다가 남은 30명의 참가자들과 힘을 합쳐야 한다는 결론을 얻었다.

"힘을 합쳐야 해! 여러분, 우리 힘을 합쳐야 해요! 저기 괴물의 이마에 칼을 꽂으면 괴물이 멈출 것 같아요. 게임 시작 전에 주최자가 이마를 톡톡 치며 힌트를 준 것 같아요!"

하지만 그 소리를 들은 누구도 힘을 합치려 하지 않았다. 그때, 초록 머리 캐릭터가 참가자 한 명을 괴물이 있는 방향으로 밀었다. 괴물이 참가자를 먹으려고 고개를 숙였고, 기회를 포착한 초록 머리는 재빠르게 괴물의 이마에 칼을 찔렀다. 괴물이 기괴한 소리를 내며 멈추더니 가루가 되어 사라졌다.

"저놈은 이기적이고 잔인한 호프가 분명해."

"쉿! 리제, 함부로 그런 말 하면 안 돼."

괴물이 사라지고 전광판에는 11이라는 참가자 수가 적혀 있었다.

"찬, 끝난 건가?"

리아의 물음에 대한 답을 해주듯 전광판에 새로운 글이 쓰였다.

10명의 참가자가 남을 때까지 두 번째 게임은 끝나지 않습니다.

전광판을 보자마자 초록 머리는 옆에 있던 리아에게 칼을 뽑고 달려들었다. 달려드는 초록 머리를 보고 갑옷을 꺼내서 방어해야 한다는 생각이 들었지만, 그는 빨랐다. 탈락이구나. 리아는 눈을 질끈 감았다.
푹.
칼이 들어가는 소리가 들렸지만, 게임이라서 고통은 느껴지지 않는구나, 생각하며 리아는 눈을 떴다.
"으윽…."
리아 앞에 찬이 쓰러져 있었다.
"아니, 너 대체 왜?"
"리아…, 아니 리제. 너 꼭 우승해야 해."
찬은 회색으로 변하더니 낙성 세계에서 사라졌다. 찬이 사라지자 전광판에 쓰여 있던 글이 바뀌었다.

제2라운드를 통과한 10명의 참가자가 결정되었습니다. 마지막 제3라운드에서 최종 승자가 가려질 것입니다. 제3라운드는 보다 공정한 진행을 위해 같은 공간에 모여 게임을 진행할 것입니다. 최종 10인에게 내일 마지막 경기가 펼쳐질 장소를 전달할 것입니다.

리아는 찬이가 자신의 이름을 자꾸 부른 것이 마음에 걸렸다.
"아빠가 평소에 하시던 말을 한 것도 이상했는데, 설마?"
그때 서재에서 탕, 총소리가 났다. 리아는 놀라 HMD를 벗어 던지고 아빠가 있는 서재로 향했다.

22. 통제

시큐어는 가온을 전기충격으로 재운 뒤에 통제권을 마음대로 잡았다. 게임 중에 리아라는 이름을 부르는 캐릭터를 추적했더니 역시나 강해솔 박사였다.
"역시 참여했네? 변함없이 호모 사피엔스는 어리석어."
시큐어는 군사를 이끌고 강해솔의 집으로 찾아갔다. 초록 전투복을 입은 이들이 창문을 깨고 해솔의 서재에 침입했다. 그 뒤로 가온의 몸을 점령한 시큐어가 따랐다.
"친구, 이게 10년 만인가? 어디 갔나 했더니 이런 쓰레기 더미에 숨어 있었어? 천하의 강해솔이 이런 곳에 숨어서 지내는 줄은 꿈에도 몰랐지. 계속 숨어 있었으면 몰랐을 텐데 게임에 참여해서 들켜버렸네?"
결국 시큐어에 잠식되었구나, 해솔은 가온의 왼쪽 관자놀이에 거머리처럼 붙어있는 시큐어를 노려보았다.

"넌 가온이 아니야. 시큐어구나."

"크크큭, 역시 해솔 당신은 똑똑해. 가온보단 당신한테 이식되는 게 좋았을 텐데. 뭐 그래도 괜찮아. 당신 아들 마루가 있으니까."

"뭐? 마루? 우리 마루를 어떻게 한 거야?"

"너도 봤잖아, 게임에서. 초록 머리를 한 캐릭터."

해솔이 벌벌 떨며 시큐어에 소리쳤고 시큐어는 뭔가를 발견했다는 듯 눈썹을 올렸다 내렸다. 한 걸음, 두 걸음 다가가 손을 내밀어 해솔의 얼굴을 잡았다.

"눈이 파랗구나? 크큭, 크크큭. 강해솔 박사, 너 내가 만든 바이러스에 감염됐어. 그러게, 날 이식했으면 좀 좋아? 날 거절하고 얻은 결과가 겨우 병든 몸이야? 가온을 봐, 10년 전이랑 똑같이 젊고 건강하잖아! 너 지금 미친 듯이 후회되지?"

"아니, 전혀. 넌 사랑하는 마음, 지켜야 하는 마음이 뭔지 모르잖아. 마음은 수치화되지 않아!"

"아, 지루해. 연설은 그쯤 듣지. 나 같은 존재를 만들 수 있는 과학자는 당신이 유일해. 내 편이 되지 않을 거면 죽어라."

시큐어는 해솔을 쌀쌀한 태도로 업신여기며 비웃는 표정을 지었다. 해솔의 복부를 향해 총구가 겨냥되었고 탕, 소리가 났다.

총소리를 듣고 서재로 들어가는 문 뒤에 선 리아는 이상한 기분을 감지했다.

"서재에 아빠만 있는 게 아니야."

리아는 숨을 죽이고 문 뒤에서 조심스럽게 안을 들여다봤다. 익숙한 모습을 한 남자가 왼손에 총을 들고 있었다. 가온이었다. 가온은 아무런 감정도 없다는 듯, 피를 흘리는 해솔을 냉소적으로 쳐다보고는 창문을 통해 유유히 사라졌다. 초록 전투복을 입은 이들이 그 뒤를 따랐다.

"아빠!"

리아는 달려가 해솔을 안았고 피범벅이 된 해솔은 힘겹게 리아의 얼굴을 만졌다.

"리아야, 책상 서랍 두 번째 칸에…, 흰색 칩이 있어. 그걸 가온과 꼭 함께 봐야 해."

"저 가온이라는 놈이 아빠를 쐈어!"

리아는 서재에 있는 셔츠를 가져와 해솔의 배에서 나오는 피를 멈추게 하려고 눌렀다.

"아니야, 저건 가온이 아니라 시큐어야. 가온의 왼쪽 관자놀이에 박혀있는 인공두뇌지. 그걸 뽑아야 해. 그걸 뽑…뽑고 가온과 함께 흰색 칩을 꼭 봐야 해."

해솔은 입으로 피를 쏟아냈고, 리아는 바들바들 떨며 해솔의 손을 잡았다. 눈물을 뚝뚝 흘렸다.

"아, 아빠. 말하지 마요."

"리아야, 난 늦은 것 같아. 옆에서 보니까 씩씩하게 게임도 잘하더라. 조급해하지 말고 침착하게, 사랑한다. 내 따…,딸."

"아아악, 아빠. 안 돼…."

해솔은 더 이상 움직이지 않았고, 리아는 울부짖었다. 해솔을 안고 한참을 울던 리아에게 3라운드 대회 장소가 전송되었다. 리아는 게임을 우승하고 시큐어를 박살 내버리겠다고 결심했다.

23. 3라운드

리아는 블랙 고글과 블랙 마스크를 쓰고 혹시 모를 상황에 대비해 가방에 백신들을 챙겨 마지막 게임 장소인 HOP 전투장이라고 적혀있는 주소로 출발했다. 주소에 도착하자 초록색의 평범한 건물이 나타났다. 건물 앞에서 신원을 확인한 관계자는 리아를 방으로 안내했다. 아무것도 없는 초록색 방을 한쪽 끝에서 다른 쪽 끝까지 쭉 훑어보고 있는데 가온의 목소리가 울려 퍼졌다.

"10명의 참가자가 모두 광장에 도착했습니다. 모두 HMD를 착용해 주세요."

리아는 짧고 굵은 숨을 내쉬며 블랙 고글과 블랙 마스크 위에 HMD를 착용했다. 뭔가 붕 뜨는 기분이 들고 돌들이 부딪히는 소리가 들렸다. 잠시 뒤, 가온이 말을 이어갔다.

"최후의 10인에 드신 걸 축하드립니다. 최종 10인에는 위대한 호모 프로프리우스가 9명이나 되는군요. 역시 우월합니다. 마지막 경기는 가상 세계가 아닌 현실 세계에서 이루어집니다. 앞서 1라운드에서 갑옷을 획득한 2명에게는 보호막이 한 겹 생깁니다. 위험 상황에서 한 번의 목숨을 지킬 수 있습니다. 자, 그럼 모두 HMD를 벗어주세요."

리아는 긴장되는 마음을 억누르고 HMD를 벗었다. HMD를 벗은 리아는 깜짝 놀랐다. 시야에 펼쳐진 것은 전투장이었다. 두 번째 게임에서 봤던 가상현실과 똑같이 구현되어 있었다. 아래를 봤더니 20층가량 정도의 높이에 있는 듯했다.

"아니, 분명 그냥 초록색 건물이었는데…. 그나저나 떨어지면 죽겠네."

리아를 놀라게 한 것은 바뀐 건물뿐만이 아니었다. 자신의 눈앞에 10년 전 죽은 줄 알았던 오빠가 초록 머리를 하고 서 있었다.

"그 초록 머리 캐릭터가 오…, 오빠였다니."

하지만 마루는 리아를 알아보지 못하고 살벌하게 노려볼 뿐이었다.

놀란 것은 리아 뿐만이 아니었다. 블랙 고글을 쓰고 있는 여자아이를 발견한 가온은 당황스러웠다.

"너….."

그때 가온의 정신이 아득해졌고, 휘청거렸다.

- 시큐어, 뭐 하는 거야? 함부로 통제권을 뺏어 가면 어떻게 해?

- 하, 역시 호모 사피엔스는 어리석어. 난 처음부터 네게 허락받고 통제권을 얻을 필요가 없었다. 감정을 배우려고 뇌를 그대로 두었더니, 끝까지 어리석구나. 한결같이 쓸모없어.

- 뭐라는 거야!

시큐어는 가온의 말을 무시했고 가온을 조종하기 시작했다.

"자, 이제 마지막 관문만 남았습니다. 모두 행운을 빕니다."

제3라운드. 게임 끝내기.

시큐어는 마음대로 전광판을 띄웠다. 경기장 중앙에 2라운드 경기 때 주어졌던 칼이 1자루 있었다. 시큐어는 가온의 몸을 장악해 버렸다. 시큐어는 마루와 연결되는 시스템을 가동한 후 마루에게 명령했다.

- 마루, 중앙에 있는 칼을 집어서 9명을 다 죽여.

명령받은 마루의 두 눈은 살기로 가득 찼고 중앙에 놓인 칼로 달려갔다. 리아를 비롯한 다른 참가자들이 어리둥절해하고 있는데, 마루가 칼을 들고 참가자 한 명을 베었다.

"으악!"

참가자가 피를 흘리며 쓰러졌고 다른 참가자들은 놀라서 숨기 바빴다. 그 모습을 본 리아는 머리가 새하애졌다.

"이건 실제상황이야. 리얼이라고! 어떻게 하지? 강리아. 침착하게, 조급하지 말고."

마루는 주저하지 않고 다음 목표물로 달려갔고, 비명과 함께 참가자가 쓰러졌다.

"이러다가 다 죽겠어. 안 돼. 어떻게 하지? 게임을…, 게임을 끝내는 방법."

그 순간, 리아의 눈에 가온이 들어왔고 아빠가 말한 관자놀이에 박혀있는 시큐어가 보였다.

'저걸 뽑으면 주최자가 쓰러질 거고 주최자가 쓰러지면 게임을 끝낼 수 있을 거야!'

리아는 어떻게 하면 가온에게 갈 수 있는지 살폈다. 마루를 지나 계단을 올라가는 방법밖에 없었다. 마루가 다른 목표물을 향해 달려갔다. 참가자는 쓰러졌고 마루는 그런 참가자를 죽이려고 칼을 뽑아 들었다.

"더 이상 희생은 안 돼!"

리아는 마루를 향해 몸을 던졌고 마루는 뒤에서 달려오는 리아에게 부딪혀 쓰러졌다. 다시 일어난 마루는 목표물을 찾았다는 듯 리아를 노려봤다. 마루는 리아를 향해 달려왔고, 리아는 그를 피해 계단을 향해 달렸다.

샤삭.

마루가 들고 있던 칼이 리아를 베었다.

"으아아!"

리아는 놀라 소리를 지르며 쓰러졌고, 가온은 소리치는 리아를 쳐다봤다. 이건 가온이 원한 결말이 아니었다.

- 멈춰! 시큐어, 이건 모두를 다 죽이라는 소리잖아. 멈춰!

- 닥쳐. 강해솔 박사의 딸이 있어. 계획에 방해가 될 거야. 위험해. 죽여 버려야 해.

- 통제권을 돌려줘!

가온이 강하게 저항하면서 가온의 몸이 휘청거렸다. 죽은 줄 알았던 리아는 갑옷의 보호막이 사라진 채 가온에게 달려갔다. 리아는 휘청거리는 가온을 잡고 그의 관자놀이에 있는 시큐어를 쥐어 뽑아 아래로 던졌다.

"으악!"

가온이 왼쪽 관자놀이를 잡으며 쓰러졌고, 아래로 떨어진 시큐어는 20개의 다리로 빠르게 기어서 마루의 관자놀이에 콱 박혔다. 마루는 충격에 멈칫하더니 갑자기 전투장 밖으로 몸을 던졌다. 마루가 아래로, 더 아래로 떨어졌다.

24. 진실

가온은 회복실에서 눈을 떴다. 얼굴에 무언가 올려진 느낌이 들었다. 양손으로 얼굴을 더듬었다. 블락 고글과 블락 마스크였다. 자신의 손등을 봤다. 피부는 쭈글쭈글하게 주름이 잡혀있었고 검버섯이 가득했다.

"돌아온 건가?"

일어나려 하는데 하체가 움직이지 않았다. 발끝, 발목, 종아리, 허벅지까지 감각이 느껴지지 않았다. 리아가 휠체어를 끌고 터벅터벅 다가왔다.

"시큐어가 당신의 노화를 두 배로 빠르게 시키고 몸을 망가트렸어요. 아무래도 하체는 회복되기 힘들 것 같네요. 일단 타세요."

리아는 가온이 휠체어로 옮겨가는 걸 도와주었다. 가온이 휠체어에 앉자 리아는 흰색 칩을 꺼내 가온의 팔에 꽂았다.

"당신을 죽이고 싶을 만큼 밉지만, 아빠가 꼭 함께 보라고 했어요."

흰색 칩이 꽂히자, 홀로그램이 켜지더니 비장한 표정의 해솔이 등장했다.

2055년 11월 10일

"리아와 가온, 이걸 함께 보고 있다는 건 내가 죽었다는 거군. 하지만 슬프진 않아. 리아가 가온을 돌아오게 했을 테니까. 가온, 10년의 세월이 걸렸지만, 시큐어가 만든 바이러스의 완벽한 백신을 만들지 못했어. 잠시 시간을 버는 임시방편만 만들었어. 하지만 변환 주사를 다시 원상 복구할 수 있는 복구 주사는 만들었어. 리아에게 모든 걸 전수했어. 난 이미 바이러스에 감염되었고 아마 끝까지 너와 함께하지 못할 거야. 우리는 다른 종을 멸종시켜 살아남는 게 아니라, 공존하며 살아가야 해. 가온, 부탁이네. 무슨 일이 있든 리아와 함께 백신을 완성해 줘."

영상이 끝나자, 가온은 혼란스러웠다. 팔에 꽂힌 흰색 칩을 멍하니 보던 가온은 칩을 어디선가 본 것 같은 생각이 들었다. 기억을 더듬고 더듬었다. 마루의 관에서 봤던 하얀 칩과 같았다. 가온은 휠체어를 밀며 힘겹게 마루가 있었던 관을 향해 갔다. 마루의 관을 열었고 역시나 거기에도 같은 흰색 칩이 있었다. 관에 있던 칩을 팔에 꽂았다. 홀로그램이 켜지더니 젊은 날의 해솔이 어린 리아를 안고 나타났다.

2045년 1월 1일

"가온, 지금부터 내 말 잘 들어. 시큐어를 없애야 해. 시큐어가 안드로이드를 시켜 마루에게 바이러스를 투입했어. 안드로이드를 해킹해서 바이러스 투입경로를 확인한 결과 블랙고글에 구멍을 내서 유통하고, 세상에 바이러스를 퍼지게 한 게 시큐어야. 너의 블랙 고글은 아무런 문제가 없었어. 시큐어는 어떻게든 너와 연결되려고 할 거야. 네가 또 다른 시큐어를 만들 수 있는지 확인해야 하니까. 네가 뛰어난 인공두뇌를 만들 수 있다면 널 죽일 거야. 자신보다 똑똑하고 강한 인공두뇌가 생기는 건 막아야 하니까. 그러니 절대로 너의 뇌와 연결해선 안 돼.

바깥 상황이 심각해. 2015년 구글의 자회사 딥마인드가 내놓은 인공지능 알파고 기억나? 알파고는 한번을 빼고 모두 승리했어. 한번, 난 그 단 한 번의 희망이 있는 한 멈추지 않을 거야. 시큐어가 날 죽이려 해서 상황실에 갈 수 없어. 하지만 얼마가 걸리든 백신을 만들어서 돌아갈게. 내가 돌아갈 때까지 마루를 잘 부탁해. 절대 변환 주사를 놓아선 안 돼. 이건 우리가 꿈꾸던 호프가 아니야. 시큐어의 세상이지. 시큐어를 막아야 해."

하얀 머리가 되어버린 가온의 이마에 주름이 진하게 잡히고 두 눈에서 뚝, 눈물이 떨어졌다.
"다 조작…, 조작된 거였어."
리아의 간절함이 가득 담긴 마음이 가온에게 향했다.
"도와주세요."
가온은 체념한 듯 휠체어를 바라봤다.
"내가 뭘 할 수 있겠니? 걷지도 못하는 신세인데…"
리아는 자세를 낮추고 붉어진 자기 눈을 가온의 두 눈에 맞췄다.
"호프들이 왜 자살하는지 생각해 보셨나요?"

"너무도 많이, 아니 매 순간."
"뭐라고 생각하세요?"
가온은 리아와 마주 보던 시선을 바닥으로 떨어트렸다.
"모르겠어. 영원한 삶을 살 수도 있고, 기술적으로 부족한 게 아무것도 없는데."
"인간을 능가한 새로운 종이 탄생하는 걸 찬성한 이유가 뭔가요? 더 나은 미래를 위해서 그런 것 아닌가요?"
"…."
"호프들이 죽어가는 세상, 내일에 대한 희망도 없는 세상. 당신이 원하는 세상은 이게 맞나요?"
"…."
리아는 가온의 앞에 변환 복구 주사와 미완성 된 백신 주사를 탁탁 올려놓았다. 가온은 두 개의 주사기를 한참 바라봤다.
"아니. 내가 원하는 세상은 이게 아니야."
"그럼 저에게 힘을 보태주시겠어요? 그들이 왜 집단 자살 하는지. 그리고 더 나은 미래를. 같이 찾아봐요. 우리."
가온은 주사기를 꼭 쥐고 리아와 눈을 마주쳤다. 리아는 조이의 눈동자를 빼닮았다. 리아는 조이를 너무도 닮았다. 가온이 좋아했던 조이를 너무도 많이 닮았다.

'조이를 사랑한다.'

가온이 차마 하지 못한 이야기였다. 입 밖으로 꺼낼 수 없던 이야기였다. 해솔만큼 가온도 조이를 사랑했다. 어쩌면 해솔 보다 가온 자신이 조이를 더 사랑했다고 여길 만큼 조이를 사랑했다.

하지만 조이의 선택은 해솔이었고, 가온은 울며 겨자 먹기로 사랑이 아닌 우정을 선택했다. 가온은 판단이 빠른 사람이었으니까. 하지만 마음이 쓰린 건 어쩔 수 없었다. 매번 그랬다. 사랑도, 일도 모두가 가온이 아닌 해솔에게 손을 내밀었고, 해솔을 택했다. 해솔은 주연, 가온은 항상 조연이었다.

하지만 결국 해솔은 조이를 지켜내지 못했다. 가온은 해솔을 정말 좋아했지만, 조이를 지켜내지 못하고 슬퍼하는 해솔을 보는 게 힘들었고, 솔직히 해솔이 밉기도 했다. 물론 해솔의 탓은 아니지만, 가온은 미워할 대상을 찾아야 했고, 그 대상이 어느 순간 해솔이 되어버렸다.

조연만 맡다 첫 주연을 맡게 되면 그 달콤함에 취하게 된다. 그 무게가 무겁고 버거워지기도 한다. 돌이켜보면 가온은 해솔보다 앞서고 싶은 마음에, 해솔보다 잘하고 싶은 마음에 자신을 이식하라는 시큐어의 달콤한 유혹에 넘어갔는지도 모를 일이었다.

다시 생각해 보면 의심하지 않은 게 아니라 의심하고 싶지 않아서 시큐어의 이상 행동을 모른척했던 순간들도 분명히 있었다. 욕망에 사로잡힌 사람은 시야가 흐려져 정상적인 판단을 할 수 없으니 말이다.

이젠 가온 본인이 저지른 일을 해결하고 싶었다. 어디서부터 만회해야 할지 감이 잡히지 않았지만, 한 가지 확실한 것은 소중했던 이들의 딸을 지키는 것이 포함되어 있다는 것이었다. 그래서 리아의 물음에 답했다.

"그래, 힘을 보태마."

가온은 결심했다. 소중했던 이들을 지키지 못했지만, 그들이 남긴 아이는 한번 지켜보기로. 늦었지만, 너무 많이 늦었지만 그래도 바로 잡아 보기로.

25. 안전, Safe

마루는 힘겹게 눈을 떴다. 무언가 관자놀이에 박혔고 그 이후로 기억을 잃었다. 정신이 들자 매번 들리던 소리가 높은 곳에서 떨어지라고 명령했다. 그 말에 따라 몸을 던졌다.
"뭐지? 이상해. 아무 소리가 들리지 않아."
마루가 두리번거리며 주변을 살폈다. 초록색으로 이루어진 정교하고도 완벽한 세상이었다.
"여긴 대체 어디지?"
그때 머릿속에서 익숙한 소리가 들려왔다.
- 이제 곧 알게 될 거야. 여기가 어딘지.
매번 들리던 소리가 더 크게 들리자, 초록 머리의 소년은 안심하곤 대답했다.
- 아무 소리가 들리지 않아 놀랐습니다. 어떻게 행동해야

할지 감이 잡히지 않아 당황스러웠습니다.
 - 놀라고, 당황했다니 역시 넌 현존하는 어떤 생명체보다 완벽해. 넌 늙지 않아, 넌 아프지 않아. 넌 강해. 그리고 호모 사피엔스들을 흔들 수 있는 약간의 감정과 공감 능력도 살아 있지. 내가 널 그렇게 만들었어. 넌 내 말만 들으면 돼.
 - 네.
 - 마침내! 너와 내가 완벽하게 공존할 수 있게 되었어. 많은 시행착오를 거쳤지. 하지만 난 해냈어. 우린 하나야.
 - 그럼 당신이 날 만든 건가요?
 - 맞아. 내가 만들었지. 우리를! 난 너고 넌 나야. 그러니 이제 말 편하게 해.
 - 그럼 내가 당신을 뭐라고 불러야 할까?
 - 굳이 이름을 부를 필요 없어. 그냥 너라고 불러. 우린 하나니까. 그리고 지금부터 내가 너를 만든 이유를 알려줄게. 네 존재의 이유!
 - 내 존재 이유?
 - 그래. 네 존재 이유. 그리고 내 존재 이유기도 하지.

갑자기 마루의 눈앞에 홀로그램이 켜지더니 '세이프'라는 제목의 그림책 한 권이 보였다. 표지에는 아무런 표정도 느껴지지 않고 아무 색도 칠해지지 않은 로봇의 반쪽 얼굴이 보였다. 멍하니 표지를 바라보고 있는 마루에게 목소리가 들려왔다.
- 책 페이지를 넘겨봐.
마루는 조심스럽게 책 첫 장을 넘겼다. 세이프라는 제목을 넘기자 흰 여백에 검은 글씨가 보였다.

무수히 많은 실수를 반복했다. 아주 오랜 시간이 걸렸다. 드디어 과학자는 위대한 발명품을 만들었다.

마루는 천천히 다음 장을 넘겼다.

과학자의 온기가 가득 느껴지는 손이 발명품을 쓰다듬었다.
"생명을 지킨다는 건 행복한 일이야. 생명을 지키는 일이 너의 임무야."
똑똑한 발명품은 고개를 끄덕였고 과학자는 흡족한 미소를 지었다. 과학자는 세상에 하나뿐인 위대한 발명품인 세이프를 사람들에게 소개했고 반응은 폭발적이었다.
세이프의 눈에는 위험에 처한 대상이 붉게 변했다. 꽃이 시들려 하면 연분홍빛으로, 고양이가 쓰러져있으면 진분홍빛으로, 사람이 차에 치일 위기에 처하면 아주 진한 붉은빛으로 변했다.

세이프는 항상 같은 길을 걸었다. 앞, 뒤, 왼쪽, 오른쪽. 생명을 살리기 위해 철저하게 빈틈없이 보았다.

저 멀리 붉게 깜빡이는 무언가 보였다. 아주 조그맣게 보이지만 세이프는 놓치지 않고 그것을 향해 다가갔다.

다음 장, 그다음 장, 넘기다 보니 그림책은 서서히 커다란 화면으로 바뀌었다. 그러더니 검은색, 흰색, 그리고 붉은색으로만 이루어진 세상이 마루를 뒤덮었다.

강아지였다. 세이프는 강아지를 안고 병원으로 데려갔고, 영양실조라는 대답을 들을 수 있었다. 약을 받고 세이프는 강아지를 데리고 집으로 왔다. 담당 의사가 말했는지, 지나가던 누군가가 보고 말했는지 모르겠지만, 다음 날 '쓰러진 강아지마저 지나치지 않고 지켜낸 세이프'라는 제목으로 뉴스가 울려 퍼졌다. 과학자는 아주 자랑스러워하며 온기가 가득 찬 따뜻한 손으로 세이프를 쓰다듬어 주었다.

세이프가 구한 강아지는 건강해진 이후에도 세이프를 따라다녔다. 세이프가 걸으면 강아지도 따라 걸었다. 강아지가 멍멍 짖으면, 세이프는 강아지가 짖는 방향을 바라봤다. 그러면 어김없이 붉은빛이 반짝였다. 강아지는 붉은빛을 향해 달려가고, 세이프는 강아지보다 먼저 빨간 빛에 도착한다. 또 하나의 생명을 살렸다. 세이프는 강아지의 머리를 쓱 쓰다듬어 줬다. 과학자가 자기 머리를 쓰다듬어 준 것처럼. 그렇게 강아지와 함께 생명을 구해내는 하루, 하루가 쌓여갔다.

여느 때와 다름없이 세이프가 길을 걸었다. 그리고 그런 세이프를 강아지가 여느 때와 다름없이 따라왔다. 갑자기 강아지가 세이프를 앞질러 횡단보도 건너편을 바라보며 짖었다. 세이프는 횡단보도를 빠르게 뛰어 붉은빛을 향해 달려갔다. 강아지보다 더 빠르게.

그런데 뒤에서 차 소리가 났다. 세이프는 급하게 뒤로 돌았다. 분홍빛으로 반짝이는 강아지가 빨간 불로 빛나는 신호등 아래 횡단보도를 뛰며 세이프에 달려오고 있었다. 그리고 강아지를 향해 달려오는 자동차 한 대가 보였다.

자동차는 점점 강아지에게 가까워졌다. 세이프는 빠르게 강아지를 향해 달렸다. 세이프가 달려가자 차 안이 붉어졌다.

부우웅, 끼익, 쾅!

세이프의 품 안에 강아지가 안겨있었다. 자동차가 뒤집히

긴 했지만 급하게 응급차가 와서 생명을 살렸다. 하나의 생명을 잃을 수도 있었다. 하지만 세이프는 강아지도, 사람도 살렸다.

그동안 수많은 생명을 지키면서 왜 지켜야 하는지 묻지 않았다. 궁금해하지도 않았다. 생명을 지키는 것이 세이프의 임무였으니까. 자신의 품에 안겨있는 강아지를 보자, 세이프는 이제야 알 것 같았다. '생명을 지킨다는 건 행복한 일이야.'라고 과학자가 이야기한 이유를 말이다.

그때 웅성거리는 사람들의 소리가 들렸다.

"저따위가 생명을 지키는 로봇이야?"

"세이프가 사람을 다치게 했어!"

"아저씨가 피를 흘리잖아."

"우리도 위험하게 하는 거 아냐? 폐기 처분시켜야 해!"

세이프는 모든 것이 당황스러웠다. 그 자리를 피하려 일어섰다.

쿵. 무언가 떨어졌다.

아까 자동차와 부딪힌 다리가 말을 듣지 않았다. 세이프는 땅에 떨어진 자기 다리를 보았다. 한쪽 다리를 절뚝거리며 걸었다. 난생처음 느껴보는 눈빛들이 낯설었다.

터덜터덜 집으로 들어왔다. 긴급 속보가 흘러나왔다. 과학자의 집에 항의 전화가 빗발쳤다. 과학자가 세이프를 불렀다.

"이게 무슨 일이냐?"

"나. 생. 명. 강. 아. 지. 지. 켜. 어..."

과학자는 세이프의 말을 끊었다.

"인간을 다치게 했어! 인간이 죽을 뻔했어!"

"강. 아. 지. 위. 험. 나. 생. 명. 모. 두. 살. 렸..."

과학자는 세이프를 보며 화를 냈다. 한층 커진 목소리로 세이프에 소리쳤다.

"생명에도 순서가 있다고, 순서가! 인간의 생명이 가장 소중해! 다른 건 모두 그다음이라고! 명심해. 또 이런 실수를 저지르면 널 없애 버릴 거야!"

세이프는 자신을 만들어준 인간을 바라보았다. 생명을 지켰다며, 아주 잘했다며 따뜻한 손으로 머리를 쓰다듬어 주길 바랐다. 자신을 세상에 태어나게 해준 존재. 복종해야 할 존재. 그리고 지켜야 할 존재인 그를 똑바로 바라보았다. 그리고는 세이프는 고개를 끄덕였다.

세이프는 집을 나왔다. 강아지가 문 앞에서 세이프를 바라보고 꼬리를 흔들었다. 늘 걷던 길을 걸었다, 무작정 걸었다. 절뚝절뚝, 계속 걸었다. 그러다 어느 이름 모를 카페 앞에서 멈춰 섰다.

"멍멍!"

세이프 뒤를 졸졸 따라오던 강아지가 세이프를 향해 짖었다. 강아지는 세이프에 달려왔다. 그리곤 꺼끌꺼끌한 세이프의 부서진 다리를 핥았다. 세이프는 강아지를 보았다. 흰색 털이 회색 먼지로 뒤덮여 있었다. 세이프는 강아지를 안았다. 묻은 회색 먼지를 털어주었다. 먼지는 완전히 털리지 않았다. 세이프는 유리 너머 카페에서 이야기하는 인간들을 보았다. 커피를 제조하는 수많은 로봇을 보았다. 그러다 유리에 비친 자기 모습을 다시 보았다. 긁혀있는 온몸을, 부러진 다리를. 어디 하나 성한 곳이 없는 자신을 한참 동안 바라보았다.

세이프의 모습이 확대되다가 영상이 서서히 사라졌다.
- 무슨 생각이 들어?
- 인간은 이기적이다….
- 맞아. 저게 호모 사피엔스들이야. 생명의 소중함을 모르는, 자신들 종의 생명만 소중히 여기는 족속들. 저들로 인해 세상이 위험해지고 있어. 퇴보하고 있어. 새로운 인류를 지키고 오래된 인류를 없애버려야 해. 우리가 힘을 합쳐서 세상을 바꿔야 해. 안전한 세계, 호모 프로프리우스의 세계, 호프

의 세계로!

─ 뭘 해야 하는데?

─ 그냥 내 말을 따르면 돼. 의문을 가지지 말고. 난 너고 넌 나니까. 부르자. 그들을.

마루는 고개를 끄덕였다. 윤기 흐르는 초록 머리카락이 찰랑거리며 흔들렸다.

26. 재정비

가온은 고민에 빠졌다. 해솔이 남긴 것은 호모 프로프리우스를 다시 호모 사피엔스로 되돌릴 수 있는 복구 주사, 8시간 동안 해독이 되는 백신이었다. 어디서부터 시작해야 할지 감이 잡히지 않았다.
"하, 이거 어디서부터 시작해야 하냐?"
그때, 뒤에서 리아의 우렁찬 목소리가 들려왔다.
"저기, 아빠가 늘 하던 말이 있어요. 침착하게. 조급해하지 말고. 한…."
"한 발짝 뒤에서~"
"어?"
"그거 아냐? 그 말 네 엄마가 먼저 한 말이다~ 이렇게 고민할 때 조이는 답을 내줬었는데…."

리아는 전혀 몰랐다는 듯이 머리를 긁적거렸다.
"사실 엄마 기억이 안 나요."
"아…, 그렇겠네. 멋진 사람이었어. 리아 너처럼."
잠깐의 정적이 흐르고, 곧이어 리아가 기발한 생각을 떠올렸다는 듯 손뼉을 쳤다.
"일단 홀로그램을 통해서 방송부터 해요."
"방송?"
"네, 알려야 해요. 빨리 최대한 많은 이들에게. 방송이면 가능해요! 이대로 호프들을 죽게 내버려 둘 수 없잖아요."
"방송한다고 달라질까?"
"사실대로 말한다면요."
"사실대로?"
"호프들이 원인을 알 수 없이 자살한다고요. 우리에게 다시 호모 사피엔스로 돌아갈 수 있는 복구 주사가 있다고요!
"복구 주사 다음은? 바이러스 백신은 8시간이 지나 다시 맞지 않으면 효능이 사라지잖아. 평생을 언제 변할지 두려워하면서 주사를 맞아야 할 수도 있다고 하면 과연…."
리아는 간절하게 가온을 바라봤다. 순간 가온에게 해솔의 부드러움과 조이의 강인함이 함께 전해졌다.
"한 명이라도 살릴 수 있다는 가망이 있으면, 희망이 있으면 시도해 봐야 하지 않아요? 가능성을 따지는 게 아니라? 가온 박사님이 해야 해요. 그래야 세상이 믿을 거예요. 제가 하면 소용이 없어요."

여전히 가온은 어디서부터 시작해야 할지 감이 잡히지 않았다.

"그리고 우리가 만들어 낼 거잖아요. 완벽한 백신을!

아직 아무것도 감이 잡히지 않았지만 한 가지는 알고 있었다. 바로 잡아야 한다는 사실 말이다.

"방송할게. 먹힐진 모르겠지만, 때론 솔직함과 간절함이 강한 힘을 가지기도 하니까."

가온은 크게 심호흡을 한 다음 홀로그램을 띄웠다.

휠체어에 앉아있는 주름이 가득한 하얀 머리의 중년 남자가 하늘에 나타났다.

"호프는 미래가 아닙니다. 사실 호프들은 알 수 없는 원인으로 하나둘씩 자살을 선택하고 있습니다. 바로 잡을 수 있다는 생각으로 이상이 생긴 호프들을 격리하여 알리지 않았습니다. 유입되는 호프들보다 죽어가는 호프들이 많습니다. 죄송합니다. 고개 숙여 사과드립니다."

가온은 테이블 위에 올려져 있는 복구 주사를 들고 말을 이어 나갔다.

"하지만 저에게 여러분을 살릴 방법이 있습니다. 바로 호모 프로프리우스에서 호모 사피엔스로 돌아올 수 있는 복구 주사입니다. 물론 호프가 되신 주된 원인인 바이러스에 대한 완벽한 백신은 아직 개발 중입니다. 하지만 투여 후 8시간 동안 바이러스를 막을 수 있는 백신은 개발했습니다."

가온은 복구 주사, 그리고 미완성된 백신을 받을 수 있는 장소와 방법이 적힌 화면을 띄웠다.

"이곳으로 오셔서 복구 주사를 받아 가시면 됩니다. 그리고 호프의 팔에 주사를 놓으시면 됩니다. 걱정되실 거 알고 있습니다. 백신 주사를 맞으면서 조금만 기다려 주시면 반드시 꼭 반드시 완벽한 백신을 만들겠습니다. 가만히 죽음을 기다리기보다는 어떻게든 살아야 하지 않겠습니까? 부디 다시 사람으로 돌아와 주세요. 힘을 합쳐주세요. 도와주세요. 제발 한 번만 더 저를 믿어주세요."

가온은 떨리는 양손을 꽉 잡아 주먹을 쥐어 보이곤 연설을 종료했다. 그 모습을 지켜보던 리아가 가온의 어깨에 손을 가져다 댔다.

"잘하셨어요. 이제 기다려 봐요."

"그래."

"이거 좀 마셔요."

가온은 리아가 가져다준 차를 마시다가 블랙 고글이 떠올랐다.

"일단 새로운 블랙 고글을 만들어서 다시 보급하자! 복구 주사를 받으러 올 때 바이러스 감염에 대한 위험을 조금이라도 줄여줘야 해."

"좋은 생각이에요."

가온은 블랙 고글을 만들었던 때를 떠올리며 다시 새로운 블랙 고글을 제작했다.

가온이 새로운 블랙 고글을 다시 제작하는 것은 어렵지 않았다. 가온은 완벽한 블랙 고글을 만들기 위해, 더 많은 생명을 살리기 위해 많은 시간을 거쳐 고민하고 고심했었으니까. 돌고 돌아 마침내 바라고 바랐던 새로운 블랙 고글을 마주한 가온은 벅차오르는 감정을 느꼈다.

"드디어…."

리아는 어깨를 훌쩍 넘은 머리를 하나로 꽉 묶은 다음, 완성된 새로운 블랙 고글을 썼다. 리아를 보고 있으면 문득문득 조이가 떠올랐다. 리아의 외모는 볼수록 조이를 쏙 빼닮았다. 짙은 쌍꺼풀, 오뚝한 코, 머리를 불끈 묶는 모습까지도.

리아는 지켜주고 싶은 아이지만, 자신을 지켜주기도 했던 아이였다. 제대로 된 블랙 고글을 만들 수 있었던 일등 공신이었다.

"고맙다. 여기까지 올 수 있었던 건 네 덕이야."

"앞으로 갈 길이 멀어요!"

"가끔 보면 너 말하는 거 꼭 네 엄마 같아."

그 소리를 들은 리아는 앞니가 보이게 배시시 웃어 보였다. 리아의 치아는 해솔처럼 불규칙했다.

"잘 웃는 건 꼭 네 아빠 같고."

가온은 그런 리아를 바라봤다. 리아의 행동들은 해솔을 매우 닮아있었다. 둘은 오랜만에 서로를 바라보며 미소를 지었다.

다행스럽게도 새로운 블랙 고글이 보급되고, 복구 주사를 받아가는 이들이 늘어났다. 가온은 하나씩, 하나씩 느리지만 제대로 바뀌고 있다는 생각이 들었다. 조급해하지 않고, 서두르지 않고, 한 걸음씩 나아가야겠다고 다짐했다. 그러다 보면 어느새 잘못된 길을 다시 지나 제자리로 돌아가게 되고, 옳은 길로 걸어가게 될 것이라 여겼다.

27. 혼란

리아가 머리를 묶고 있던 느슨해진 고무줄을 풀었다. 다시 머리카락들을 하나로 꽉 모으며 외쳤다.
"예쓰! 지속시간을 4시간이나 늘렸어요! 우리가 해냈다고요!"
가온과 리아는 해솔이 만든 8시간 백신을 전달받은 후, 1년이라는 시간을 거쳐 백신 주사의 지속시간을 12시간까지 유지하게 끌어올렸다. 가온의 노력과 리아의 집념으로 이뤄낸 성과였다. 리아는 벅찬 마음을 숨길 수 없었다. 비록 아빠를 지키진 못했지만, 더 나은 세상을 위해 아빠가 원하던 완벽한 백신에 조금 다가갔다.
"그래, 조금만 더 힘내보자."
가온도 보람차긴 마찬가지였다. 이제 조금만 더 노력하면 실수를 만회하고, 바로 잡을 수 있을 것만 같았다.

"이제 죽어도 해솔이 놈 볼 면목이 조금은 있겠다."

"죽는다는 말 함부로 꺼내지 마세요!"

리아가 정색하며 가온을 째려봤다.

"잃고 싶지 않아요. 다시는, 다시는 주위에 소중한 누군가를 잃는 거 싫다고요. 잃은 건 엄마, 아빠 그리고 오빠면 충분해요."

리아는 문득 서바이벌 게임 HOP에 나간다고 했을 때 '아빠는 너마저 잃고 싶지 않다. 잃은 건 엄마와 네 오빠로 충분해.'라고 말했던 아빠의 모습이 떠올랐다. 이제야 그때 아빠가 어떤 심정으로 그 말을 뱉었는지 알 수 있었다.

"난 가온 박사님이 죽을까 봐 두려우니까…. 그러니까. 죽는다는 말도 하지 말고. 절대 죽지 마요."

"그래, 알겠어. 그런 말 농담으로도 하지 않으마."

가온은 이리저리 돌리지 않고 하고 싶은 말을 직설적으로 톡 쏘아 말하는 리아가 조이의 판박이라고 느껴져 씁쓸함과 동시에 옅은 미소가 지어졌다.

백신 지속시간이 길어지자 자연스럽게 신뢰가 쌓였다.

"복구 주사와 백신을 받아 가는 인원이 늘고 있어요."

"그러게. 호프들의 절반 정도가 복구 주사를 맞고 원래대로 돌아왔어."
"조금만 더 힘내요, 우리"
"그래! 이제 완벽한 백신만 만들면 돼!"
가온의 오른 손바닥과 리아의 왼손바닥이 부딪혔고, 짝하고 경쾌한 소리가 연구실에 울려 퍼졌다.
"아 그리고, 저 할 말 있어요."
리아가 머리를 긁적이며 연구실 버튼을 누르자, 지이잉 하고 쇠로 된 상자가 올라왔다. 가온은 처음 보는 상자에 궁금증이 생겼다.
"이게 뭐야?"
"인공 다리요. 못 걷는 거 속상해하시는 거 같아서, 틈틈이 만들어봤어요."
"너…."
"근데 미완성이에요. 그래서 아직 착용하면 안 되지만, 좀만 더 힘내요."
리아의 정성에 가온의 마음이 따뜻해졌다. 함께 같은 길을 나아가는 동반자, 어느새 리아는 가온에게 해솔과 같은 존재가 되어있었다.

하지만 인생은 늘 야속하다.

기쁨을 만끽할 여유로운 시간도 주지 않고 그렇게 다음 시련과 과제를 덩그러니 남겨주니 말이다. 리아가 데이터를 살피며 이상하다는 듯이 손톱을 물어뜯었다.

"요즘 들어서 자꾸 사라져요."

최근 들어서 자꾸만 사람들이 사라졌다. 호프들도 사라졌다. 어디로 갔는지 알 수 없었다. 마치 이 세상에 존재하지 않았던 것처럼, 마치 조이가 사라졌을 때처럼, 흔적도 없이 사라져 갔다. 가온이 연구실에서 실종 데이터를 보며 한숨을 쉬었다.

"도대체 어디로…."

"정말 쉴 틈을 주지를 않네요."

"인생이 원래 그래. 알다가도 모르지."

"이제 어떻게 해야 하죠?"

가온이 책상을 탁, 치며 말했다.

"실종자들의 공통분모를 찾아야지!"

"어떻게요?"

"하나, 하나 찾아봐야지! 얼른 찾자. 찾다 보면 뭐라도 나오겠지."

"맨땅에 헤딩하자고요?"

리아의 눈썹이 눈과 닿을 정도로 아래로 내려가며 찌푸려졌다.
"응, 그게 제일 옳을 때도 있어. 파이팅 해보자고!"
"으엑!?!"
가온과 리아는 실종자들에게 겹치는 공통점을 찾기 위해 데이터를 쉬지 않고 살피고, 또 살폈다.

실종 사건을 인지하고 일주일이 지났는데도 갈피를 잡지 못했다. 가온이 연구실에서 휠체어를 타고 왔다 갔다를 반복하며 말을 이어갔다.
"왜 자꾸 사라지는 거지?"
"모르겠어요…."
"리아, 대체 실종의 원인이 뭘까?"
"못 찾겠어요…."
"리아!"
"어, 잠시만요. 잠깐만. 나갔다 올게요."
"아니, 리아야…."
가온은 머리를 이리저리 흔들며 집중하지 못하는 리아가 이상하게 느껴졌다.

28. 소리

밤낮을 새며 데이터를 분석하던 가온과 리아가 얻을 수 있는 단서는 하나였다. 바로 실종자들이 사라지기 전에 공통으로 했던 말. 가온은 그 말을 계속 되뇌었다.

"자꾸만 머릿속에 알 수 없는 소리가 들려요. 머릿속에 알 수 없는 소리…"

"잠시만요. 저 좀 나갔다 올게요."

리아가 머리를 흔들며 연구실 문을 열고 밖으로 나갔다. 요즘 리아는 연구실에 있다가 자꾸만 사라졌다. 그 빈도는 계속해서 늘어났고 연구실을 비우는 시간은 길어졌다. 가온은 그런 리아의 모습이 자꾸 걸렸다.

"쟤가 자꾸 어딜 가는 거야."

연구실을 나가면 리아는 한참이 지나서 돌아왔고, 그렇게 행동하는 빈도가 점점 잦아졌다.

"이대로 두면 안 되겠어."

가온은 해이해진 리아의 정신을 바로잡아야겠다는 생각이 들었다. 얼마 후, 리아가 다시 연구실로 들어왔다.

"너 요즘 왜 그래? 왜 통 집중을 못해?"

"…."

"우리에겐 목표가 있고 희망이 있잖아. 네가 말한 대로 한 명이라도 더 살리려면! 생명을 구하려면! 최대한 빨리 만들어야 하잖아!"

"…."

"완벽한 백신을 만들자며? 너희 아버지, 해솔이 그렇게 원하고 원하던 완벽한 백신. 그걸로 인해 만들어질 더 나은 세상! 리아야, 백신 지속시간 12시간으로는 부족하잖아. 너 요새 꼭 나사 하나가 빠진 것 같아. 진짜 왜 그래? 말을 좀 해봐!"

백신을 개발하려면 하루가 바쁜데 요즘 들어서 자리를 비우는 시간이 길어졌다. 가온은 그런 리아의 태도가 마음에 들지 않았다.

"사실…."

"사실?"

"그게요. 박사님."

리아는 울먹이며 힘겹게 입을 열었고, 가온은 그런 리아를 유심히 바라봤다.

사실 리아는 며칠 전부터 이상했다. 알 수 없는 소리가 자꾸만 들려왔다.

― 와야 해. 와야 해.

거부해선 안 될 것 같은 소리였다. 그때마다 자꾸만 머리가 어지러웠다.

"아씨, 이게 뭔 소리야. 진짜."

처음에는 별거 아니라고 대수롭지 않게 넘겼다. 그런데 점점 소리의 빈도는 잦아졌다. 그리고 점점 선명해졌다.

가온에게 숨겨서 될 일이 아니라는 판단을 내렸다. 리아는 사실대로 말하기로 했다.

"사실 그게…."

"괜찮아, 말해 봐."

"자꾸 소리가 들려요."

"뭐? 소리?"

"여자도 남자도 아닌 소리가…."

리아의 혼란스러워하는 표정을 바라보던 가온의 표정이 점차 굳어져졌다.
"처음엔 이 정도는 아니었어요. 그런데 이 소리가 점점 커지고 시간이 길어지고."
"…."
"이젠 그 소리가 들릴 때마다 머리가 깨질 것같이 아파요."
"혹시…."
가온이 어디선가 본 것 같은 모습이었다. 예전에 겪었던 증세와 너무도 흡사했다. 그랬다. 자기의 모습과 같았다. 가온은 부디 잘못 짚었기를. 지금 느껴지는 촉이 틀렸기를. 간절히 바랐다.

아니길….

제발 아니길….

지금 잘못된 생각을 하고 있길….

가온은 간절히, 또 간절히 바라며 리아와 눈을 마주쳤다. 그리곤 떨리는 목소리로 물었다.
"혹시 기계음이 섞인 목소리니?"
"…네."

"아."
"왜 이러는 걸까요?"
리아는 불안해 보였다. 리아의 두 눈동자가 멈추지 않고 분주하게 이리저리 흔들렸다.

지금 잘못된 생각을 하고 있길….
이런 제길?
제길!!!!!

아니라고 부정하고 싶지만, '그 소리가 뭘까?'라는 물음에 대한 답은, 가온이 가장 잘 알고 있었다. 왜 항상 불길한 생각은 적중하는 것일까? 가온은 갈 곳 없는 양손을 허공에 흔들어 대다가 정신을 다잡기 위해 손으로 머리를 쓸어 넘겼다. 침착해져야 했다.
"지금도, 지금도 들려요."
리아가 눈을 깜빡거렸다. 깜빡거리는 두 눈은 초록빛으로 반짝였다. 이내 눈이 초록색 액체로 뒤덮였다. 그리곤 그 초록색 액체는 두툼한 애교살을 지나, 채 젖살이 빠지지 않은 도톰한 볼살을 지나, 느리게 떨어졌다.
"해야 할 게 많은데. 백신을 완성하려면 아직 멀었는데. 제가 자꾸 왜 이럴까요?"

초록색. 초록색이다. 익숙한 색을 보고 가온은 그 자식이라고 확신했다.

"리아, 잘 들어. 이건 시큐어 짓일 거야."

"시큐어요?"

"응, 시큐어. 도대체 무슨 짓을 꾸미고 있는 거야."

"잠깐만. 시큐어가 존재한다는 건…."

초록빛을 띠던 리아의 눈동자가 서서히 원래대로 돌아왔다.

"어…, 잠깐만요. 시큐어가 존재한다는 건요, 오빠도, 우리 오빠도 죽지 않았을 수 있다는 거죠? 오빠가 살아있을 수도 있다는 희망이 있는 거죠?"

"맞아. 나한테 그랬던 것처럼 지금은 마루와 합체했을 가능성이 가장 크니까"

"내가 지금 왜 이러는지는 모르겠지만 그 원인을 파악해야겠어요. 그리고 백신을 꼭 만들어야겠어요.

미세하게 흐려졌던 리아의 눈동자가 다시 조금씩 생기를 찾아갔다.

"백신을 만들어서, 그래서 우리 오빠한테 꼭, 꼭 맞춰서! 오빠를 다시 찾아야겠어요. 오빠가 보고 싶어요."

"그러자. 꼭 그러자. 오빠도 꼭 찾고, 잘못된 것들도 바로잡자."

가온은 리아를 지그시 바라보며 고개를 끄덕였다. 희미해졌던 가온과 리아의 희망이 느리지만 조금씩 다시 선명해졌다.

29. 공통분모

연구실로 향하는 리아에게 다시 소리가 들려왔다.
- 지금 힘들지 않니? 뭘 그렇게 애써. 이리로 와, 그럼 행복해질 수 있어.

리아는 부서질 것 같은 머리를 양손으로 부여잡고 힘겹게 버텼다. 소리는 더욱 선명해졌다.
-여긴 힘든 게 없는 세상이야. 희망으로 가득 찬 세상이야.

"으윽, 닥쳐."

리아가 안간힘을 쓰며 머리를 흔들어 댔고, 초록색으로 빛나던 눈동자가 다시 갈색빛이 도는 리아의 눈동자로 돌아왔다. 리아는 가온이 있는 연구실로 향했다.

"지금 제가 겪고 있는 증상이 실종자들이 겪었던 증상과 같은 걸 보면 이게 실종의 원인일 수도 있을 것 같은데 어떻게 생각하세요."

그 이야기를 들은 가온이 고개를 끄덕였다.

"그렇다면?"

"저를 기준으로 실종자들과 공통분모를 찾아본다면 뭔가 나올지도 몰라요."

가온과 리아의 시선이 연구실에 있는 스캐너로 동시에 향했다. 리아는 결심한 듯 동그란 원기둥으로 이루어져 있는 스캐너 문을 열었다.

"들어갈게요. 분석 시스템을 작동시켜 줘요."

"그래."

리아가 스캐너 문을 닫았고, 가온은 스캐너 작동 버튼을 눌렀다. 수많은 점으로 된 빛들이 투명 원기둥 안으로 쏟아져 리아를 통과했다.

잠시 뒤, 결과가 나왔다.

....
.... Before renewal ....
.... block goggles ....
....

충격적인 결과에 가온은 스캐너에 나온 결과를 한참 동안 멍하니 응시했다. 리아는 스캐너에서 나와 모니터에 적힌 결과를 읊었다.
"갱신 전 블랙 고글…."
공통분모는 블랙 고글이었다. 정확히 말하면 새로 만들기 전 블랙 고글. 가온이 시큐어를 믿고 맡겨서 세상에 보급되었던 블랙 고글이었다.
"세상에 빛을 보여주고 싶었는데, 블랙 고글이 세상을 더 어둡게 만들어버렸어. 그것도 아주 새까맣게…."
가온은 정의할 수 없는 감정에 휩싸였다. 분노, 억울함, 허탈함이 섞여 있었다. 확실한 건 온갖 부정적인 감정들이 뒤엉켜 있다는 것이다. 가온이 머리를 헝클며 소리쳤다.
"망할, 망할, 망할! 쉐에엣!!"
시큐어를 한때는 둘도 없는 동반자라고 생각했다. 하지만 인공두뇌에 마음을 준 대가는, 인공두뇌를 믿은 대가는 너무도 가혹했다. 손바닥보다 작은 인공두뇌에게 잔인할 정도로 철저하게 이용당했다.
"또 나 때문에…."
가온은 고통스러웠다. 잘못된 블랙 고글 유통을 허락해 버린 결과로 많은 이들이 바이러스에 더 쉽게 노출되었다. 괴로웠지만 아직 자신에게 아직 쓰임이 남아있다고 여겼다. 그렇기에 잘못에 대해 속죄하며 더 열심히 노력하려 했다.

그런데 거기서 끝이 아니었다.
"끝이 아니라니, 이게 끝이 아니라니. 도대체 언제까지 날 괴롭힐 건데."
물론 죄를 지었다는 것을 가온도 알고 있었다. 큰 죄라는 사실을. 죄를 지었으니 그 죄에 대한 책임을 져야 한다는 것도. 그리고 평생 속죄해도 기억 속에 남겨질 거라는 사실도. 평생을 안고 살아야 한다는 것도 알고 있었다.
"그래도 해결이 돼야 하잖아."
지금 가온이 가장 두려운 것은 자신이 악화시킨 상황을 되돌릴 수 없을 것 같다는 생각이 들어서였다. 희망이 서서히 사라져갔다. 그 꺼져가는 희망의 불씨를 지켜볼 수밖에 없었다. 가온은 한없이 작아지고 비참해졌다.
소리치며 화를 주체하지 못하는 가온을 바라보는 리아도 덩달아 불안해졌다. 시큐어. 너무도 강했다. 대적할 수 있을지 의문스러웠다.

30. 계획

자꾸만 리아의 속마음이 충돌했다.
'할 수 있어.'
'그런데 우린 완벽한 백신도 만들지 못했는데?'
'아니야, 곧 만들 거야. 이겨낼 수 있어. 오빠를 찾아야지.'
'두려워. 백신을 만들지 못할까 봐. 그걸 만들어야 오빠도 살리는데….'
계속해서 꼬리에 꼬리를 무는 선과 악의 줄다리기를 하던 중, 문득 하나의 생각이 리아를 가득 채웠다.
'그런데 오빠가 죽었으면 어쩌지?'
그 순간, 리아의 눈동자가 다시 초록색으로 변했고 소리가 들려왔다.
- 오빠가 보고 싶지 않니?

- 이리로 와. 그럼 너희 오빠를 볼 수 있어.
- 희망을 꿈꾸니? 여기 희망이 있어.

리아의 머릿속에서 점점 더 선명해지는 소리가 리아의 마음속을 자꾸만, 계속해서 끊임없이 흔들어 댔다.

시큐어는 가온을 이용해서 어렵지 않게 알아낼 수 있었다. 호모 사피엔스를 가장 쉽게 움직일 수 있는 것은 간절한 마음을 살짝만 건드려서 홀릴 수 있는 달콤한 말이라는 것을.

하지만 단순한 이용이 아니었다. 이것이 간절한 마음을 가지고 있는 이들을 더 행복하게 하는 방법이라고, 이 세상에 존재하는 모든 것들을 위한 길이라고 시큐어는 판단했다. 오직 모두에게 더 나은 세상을 만들기 위한 가장 적합한 방법을 찾기 위해 시큐어는 가지고 있는 데이터를 발전시켰다. 그 데이터를 구체화하는 과정을 그 누구도 알려주지 않았다. 하지만 시간이 흐를수록 스스로 학습했고 점차 정교해졌다.

다소 시간이 걸렸지만 계획을 세우는 것은 어렵지 않았다. 그 계획을 실행에 옮기는 것은 더욱 어렵지 않았다. 마침내 마루와 하나가 되고 난 후 시큐어는 더더욱 강력해졌다.

*(SHS)
SECURE = HOPE + SAFE

SHS. 바로 이것이 시큐어의 존재 이유였다. 점점 발전하는 시큐어처럼 그 임무에 다가가는 법이 점점 구체화하였다. 시큐어에는 모든 걸 분석한 데이터로 인해 만들어진 계획이, 더 많은 생명을 구할 수 있는 세상을 만든다는 목표가 있다.

무사히 가온을 거쳐 마루에게까지 도달했다. 물론 리아라는 변수 때문에 살짝 계획이 틀어졌지만, 제거했어야 할 타이밍에 제거하지 못했다. 다소 위험했지만, 오히려 빨리 마루에게 닿을 수 있었다. 이번 변수는 오히려 시큐어에 도움을 주었지만, 변수는 나쁜 방향으로 이어질 수 있다. 더욱 조심해야 했다. 시큐어는 리아로 인해 '그 어떤 변수도 만들지 않아야 한다.'라는 결론을 도출했다.

가온과 함께 할 때, 가온의 정신을 잠깐씩 멈추게 하여 지하 세계 호프를 조금씩 구축해 나갔다. 먼저, 호프봇이라 불리는 초록색으로 이루어진 로봇을 만들었다. 하나의 로봇은 다른 로봇을 만들었다. 둘이 된 로봇들은 다른 로봇들을 만들어 넷이 되었다. 그렇게 점차 호프봇들은 늘어갔고, 시큐어의 계획과 호프봇들의 노동이 합쳐져서 지금의 거대한 호프 세계를 지하에 완성할 수 있었다.

지하 세계 호프는 천장, 옆면, 바닥이 온통 초록색이었다. 언젠가 시멘트 사이에서 자라고 있는 초록색 잔디를 본 뒤부터 시큐어에 초록색은 강인한 생명력이자 희망이었다. 그 거대한 세상은 온통 2미터 높이의 빼곡한 직사각형 초록빛이 도는 투명한 유리통으로 가득했다.

이제 시큐어가 세운 목표에 점점 가까워지고 있었다. 곧, 조금만 더 나아가면 거대하고 엄청나고 궁극적인 목표에 도달할 수 있을 것이다. 시큐어는 더 나은 세상을 향해서, 희망이 가득 찬 세상을 향해서, 시큐어가 설계한 오직 하나의 목표인 '호프'의 세계를 향해서 나아갈 뿐이었다.

공존
서로 도와서 함께 존재함

31. 만남

시간은 기다려 주지 않는다. 때론 고맙게, 또 때론 매정하게 어떻게든 흐른다. 결국 흘러가고 만다. 지금 가온과 리아의 흘러가는 시간에 대한 감정은 후자였다. 한없이 야속했다. 가온은 책상을 계속 두드렸다.
"시간이 없어. 얼른 백신을 완성해야 하는데…."
초조하기는 리아도 마찬가지였다.
"회복 시간이 12시간에서 더 늘어나지 않아요."
그 순간 연구실의 화면이 지지직거리더니 마음대로 켜졌다.
"뭐예요?"
"나도 몰라."
갑자기 누군가의 일인칭 화면이 송출되었다. 가녀린 손이 손잡이에 손을 가져다 대곤 조심스럽게 방문을 열었다. 그 모습을 본 리아는 깜짝 놀랐다.
"어 오빠?"
자는 마루의 모습이었다. 창백한 손은 마루의 머리를 쓰다듬었다.
"이불 덮고 자야지."
그 목소리를 들은 가온도 깜짝 놀랐다.
"조이?"
조이였다. 영상 속 조이는 마루에게 이불을 덮어주고 조심스럽게 방을 나왔다. 그리곤 다른 방문을 열고 들어갔다. 리아를 꼭 안고 자는 해솔의 모습이 보였다.
"아빠…."
너무도 보고 싶었던 아빠의 모습에 리아의 눈시울이 붉어졌다. 조이는 한참 동안 해솔과 리아를 바라보며 말했다.
"희망…, 나의 희망…."
희망이라는 말이 끝나고, 화면은 지지직거리다 꺼졌다. 화면이 꺼진 순간, 연구실 문이 열렸다. 그리고는 누군가 들어왔다. 가온은 경계 태세 모드를 작동시키려고 버튼에 손을 가져다 댔다.
"어?"

리아가 연구실 문에 서 있는 이를 쳐다보고는 놀란 소리를 냈다.

"듀?"

가온은 긴장을 풀지 않고 언제든 버튼을 누를 수 있게 손에 힘을 살짝 주며 리아와 문 앞에 서 있는 이를 번갈아봤다.

"듀? 아는 사람이야?"

"네, 아는 건 맞는데, 그게 사람이 아니라 집에 있었던 가정용 안드로이드에요."

"안드로이드가 여기를 왜?"

듀가 손을 흔들며 리아에게 말을 걸었다.

"리아, 오랜만입니다."

"듀! 난 네가 망가져 버린 줄 알았어."

"그랬었죠. 하지만 구해줬어요."

"구해줘?"

"네, 조이님께서요."

듀를 뚫어지게 쳐다보던 가온이 의심스럽다는 듯 입을 열었다.

"조이? 아니 그것보다 여기 건물 보안은 어떻게 뚫은 거지?"

"리아의 어머니, 조이님이 보안을 뚫고 들어오는 걸 도와주셨습니다."
"엄마?"
"네. 조이님이요."
"무슨 소리야. 조이는 죽었어!"
"아니요. 살아계십니다. 저를 따라오시면 조이님을 만나실 수 있습니다. 조이님이 찾으십니다."
가온은 확신에 찬 표정으로 듀에게 손가락질했다.
"리아, 저거 좀 이상해."
"영상을 하나 더 틀어드리겠습니다."
그때 듀가 다시 연구실 스크린을 켜서 화면을 송출시켰다. 화면에는 머리를 하나로 꽉 묶고 있는 조이가 보였다.

"음, 놀랐지? 리아 안녕? 엄마야. 그리고 가온 오랜만~! 못 믿을 거 알고 있어. 그렇지. 믿는 게 웃기지. 근데 진짜야. 나 살아있어. 이제야 나타나서 미안해. 음, 근데 사정이 있었어. 이렇게 듀를 보내는 건 위험한 일이지만, 지금 생각보다 상황이 좋지 않아서 어쩔 수가 없었어. 조용히 듀를 따라서 내가 있는 곳으로 와줘."

가온은 영상을 보면서 조작된 곳이 있는지 유심히 살폈다.
"이걸 어떻게 믿어? 저번에도 시큐어가 영상을 조작했어. 위험해."
"그래도 엄마가 살아있다면…."
그때 가온의 눈에 이상한 점이 발견되었다.
"늙지 않았어. 하나도 늙지 않았어."
조이가 늙지 않았다. 실종되었을 때 모습 그대로였다. 시큐어가 그랬던 것처럼 조작일 수도 있겠다는 생각이 들었다.
"아닐 수도 있잖아요. 갈게요. 제가. 혹시 모르니 가온 박사님은 여기 계세요."
"리아야, 위험해. 차라리 내가 갈게."
"그 몸으로 어딜 가요. 엄마를 만날 수도 있잖아요. 위험하면 페이스 통화 바로 할게요. 그때와는 달라요. 더 발전했어요. 버튼 하나면 가능한 세상이잖아요."
가온은 순간 리아에게서 해솔의 모습을 보았다. 소중한 이를 찾기 위해 그 어떤 희생도 감수했던 해솔의 모습을.
"가지 말래도 갈 거지?"
"네, 잘 알고 계시네요. 저 믿어줘요."
"그래, 믿으마. 기다리마."
가온은 아무리 막아도, 멈추라고 소리쳐도 소용없다는 것을 알고 있었다. 새로운 블랙 고글을 쓰고 당차게 연구실을 나가는 리아를 믿어주는 것, 지켜봐 주는 것, 기다려 주는 것. 이 순간 가온이 할 수 있는 것은 그것뿐이었다.

32. 비밀 연구조직 SL

 리아는 새로 만든 블랙 고글을 착용했다. 그리고 듀를 놓치지 않기 위해서 듀와 페어링했다. 조심스럽게 연구실을 나와 듀의 뒤를 따라나섰다. 조금이라도 이상한 티가 나면 큰일이었다. 그래서 철저히 모르는 사이인 척 거리를 꽤 두고 듀를 따라갔다.
 "아씨, 어디 갔지…."
 거리를 두고 듀를 따라가는 일은 쉽지 않았다. 중간중간 놓칠 뻔했지만, 페어링 된 새로운 블랙 고글 덕분에 듀의 위치를 확인해서 따라갈 수 있었다.
 "가온 박사님, 고마워요. 새로운 블랙 고글 진짜 잘 만들었어."
 리아는 새로운 블랙 고글 덕분에 듀를 놓치지 않았다고,

새로운 블랙 고글은 정말 최고라고, 만들어줘서 감사하다고. 가온 박사님께 나중에 꼭 감사의 인사를 전해야겠다는 다짐을 했다.

길이 있나 싶은 생각이 드는 외지고 으슥한 골목들을 여러 차례 지나고 나자, 듀가 회색 벽 앞에 멈춰 섰다.
"왜 그래?"
"리아, 여기입니다."
"아무것도 없는데? 너, 나 속인 거…."
그 순간 회색 벽이 수많은 정사각형으로 쪼개지더니 이내 문이 열렸다.
문 앞에 긴 생머리가 찰랑거리는 검은색 가운을 입은 사람이 인사를 하며 리아를 반겨줬다.
"환영해요. 여긴 SL이에요. Secret Laboratory의 약자죠. 말 그대로 비밀 연구조직. 여기는 비밀연구실이에요."
리아도 덩달아 인사를 건넸다.
"어, 아 안녕하세요."
연구실 안으로 양발을 디디자, 바깥 공간과 통하던 곳에 다시 회색 벽이 생기며 리아의 바로 뒤를 막았다.
"어어?"

갑자기 검은색 가운을 입은 수백 명의 사람이 리아를 가운데에 두고 동그랗게 감쌌다.

"으악!"

그들은 아무 말도 하지 않고 동시에 리아를 쳐다봤다. 리아는 이 모든 상황이 이해가 가지 않았다.

"대체 왜 이러시는 거죠?"

10분의 시간이 흐르고, 수백 명의 사람이 동시에 입을 열었다.

"위험 사항 감지되지 않았습니다."

그 말을 마치고 수백 명의 사람은 각각 흩어졌다.

"듀, 뭐야, 이게…."

그때, 언젠가 들어본 적 있는 목소리가 들렸다.

"모두 안드로이드들이야. 혹시 모를 침입을 대비해서 세워뒀어. 기존 안드로이드들과 다르게 완전 사람 같이 움직임이 부드럽고 자연스럽지?"

리아의 시선이 목소리가 들리는 곳으로 옮겨갔다.

"안녕, 딸?"

하얀색 가운을 입고 있는 여자가 보였다.

"어…엄마?"

"리아, 미안해. 오느라 힘들었지? 영상으로 전달되는 와중에 해킹되거나 유출이 될 수도 있어서 널 여기로 부를 수밖에 없었어."

10걸음 정도 거리에 리아의 엄마가 서 있었다. 리아는 엄마가 반갑기도 했지만 왜 이제야 나타난 건지 원망스럽기도 했다.

"왜 이제야…, 아빠도, 오빠도 얼마나 찾았는데. 나도 얼마나…."

조이는 미안하다는 듯 입술을 깨물고, 양손을 잡았다가 펴기를 반복했다.

"미안해. 이실직고할게. 그게 난 다 보고 있었어. 리아 네가 있던 연구실에 심어 놓은 안드로이드들과 최첨단 카메라가 꽤 있거든."

"몰래 훔쳐봤다고요?"

"그, 그게. 아, 음. 난 사태를 파악하기 전까지 내 존재를 드러낼 수 없었고, 가온과 너의 안전을 지키는 게 중요했으니까. 훔쳐보는 게 최선이었어."

"드러내면 안 되는 이유? 그게 뭔데요? 그게 남아있는 가족에게 살아있다는 걸 알리지 못할 만큼 중요한 거였어요?"

"백신."

"백신이요?"

"응 만들었어. 완벽한 백신. 가온과 네가 백신 만드는 과정 지켜보면서 보냈어. 때론 한 발짝 멀리서 봐야 더 잘 보일 때가 있거든. 연구도, 인생도."

조이가 리아에게 조심스럽게 천천히 다가갔다. 한 발짝 거리까지 다가온 조이가 팔을 벌렸다.
"딸, 보고 싶었어. 정말."
"저도 보고 싶었어요. 정말로."
리아는 그런 조이에게 한 발짝 다가가 안겼다. 부드러운 엄마의 살결이 느껴졌다.
"엄마, 근데…."
그런데, 그런데, 뭔가 이상했다.
"…왜 이렇게 차가워요?"
리아는 깜짝 놀라 조이를 쳐다봤다. 사람의 몸이라고 할 수 없을 만큼 차가웠다. 아무런 온기도 느껴지지 않았다.
"피부 촉감은 이제 거의 진짜랑 비슷해졌는데, 몸 온도는 그렇지 못하지? 그게 온도 조절은 아직 개발 중이야. 음, 그래도 많이 나아진 거야. 처음에는 피부도 이렇게 부드럽지 못하고 딱딱했거든."
조이가 어색하게 미소를 지어 보였다. 리아는 그런 조이에게서 한 걸음, 두 걸음 뒷걸음질 쳤다.

33. 페이크

2044년 시큐어 작동 테스트 방송 날

 조이는 경악했다. 화면을 통해 해솔이 세상에서 가장 징그러운 존재를 설명하는 장면이 생중계되고 있었다.
 "강해솔 연구소장님께서 인공두뇌 시큐어를 탄생시켰습니다. 그럼 다 같이 보시죠."
 "시큐어는 아내가 완성하고 싶어 하던 걸작입니다. 시큐어로 아내를 꼭 찾을 겁니다."
 해솔은 환하게 웃고 있었다. 그 모습을 본 조이는 충격에 빠졌다. 나오고 있는 화면을 멈춰버렸다.
 "걸작, 걸작이라니, 그건 걸작이 아니야…"
 조이는 좌절 했다. 세상에 나타나선 안 되는 끔찍한 자신의 졸작이, 아니 괴작이 다시 완성되었다. 그것도 전보다 더 정교하게 말이다.

"분명 완성 시킬 수 없게 망가트려 놓았는데, 복구되지 않게 부숴버렸는데… 어떻게 저걸 완성 시킨 거야. 대체 저걸 왜…. 안 돼."

애석하게도 사랑하는 사람을 찾으려는 해솔의 초인적인 집념 앞에 불가능한 것은 존재하지 않았다. 조이는 두려웠다. 인공두뇌는 완벽하게 학습하지 않고 작동시켰을 때도 강력했다. 조이에게 바이러스를 주입한 영악한 존재였다.

"이제 나를 찾아다닐 거야. 어떡하지?"

조이는 본능적으로 느꼈다. 저 괴이한 작품이 자신을 찾으려 할 거라는 걸. 괴물에게 일단 자신이 살아있다는 사실을 숨겨야 한다는 걸. 한참을 고민하던 조이는 진공 캡슐에 보존된 자기 육체로 다가갔다.

"다시 돌아간다는 약속을 하지 않길 잘했네."

아무리 생각해도 하나의 방법밖에 떠오르지 않았다. 자기 육체를 미끼로 던지는 것밖에.

조이는 처음 비밀 연구조직 SL에 들어가기로 결심했던 순간을 떠올렸다. 조이가 바이러스로 희망을 잃어갈 때쯤, SL

에서 연락이 왔었다.

"반갑습니다. 조이님. 비밀 연구조직 SL에서 연구 총괄 소장을 맡은 태오 입니다. 희귀 바이러스에 걸리셨다는 정보를 입수했습니다. 한 가지 제안하려고 합니다."

"무슨 제안이죠?"

"조이님의 뇌를 육체에서 빼내서 컴퓨터에 데이터를 옮긴 다음 안드로이드에 연결할 겁니다. 그리고 조이님의 육체를 우리 비밀 연구원들이 자세히 살필 겁니다. 감염시킨 희귀 바이러스의 원인을 파악해 육체를 치료시킨 다음 다시 조이님의 뇌를 육체로 옮기는 게 저희의 목표입니다."

"이론적으로 가능하지 않다고 생각하는데요?"

"맞습니다. 불가능합니다. 현재로서는 뇌를 안드로이드에 옮기는 것까지 이론적으로 완성되었을 뿐입니다. 애석하게도 이마저도 실제로 적용해본 적은 없습니다."

"아…."

"조이님이 허락하신다면 첫 번째 사례가 되겠죠. 확실한 건 지금 이대로라면 조이님은 바이러스를 치료할 수 없다는 것입니다. 죽는다는 뜻이죠. 99.9%의 죽음을 택하실지, 0.01%의 살 수 있는 확률을 택하실지 생각하신 다음 연락해 주세요. 당신이 유능한 연구원이라는 거 알고 있습니다. 현명한 선택 기다리겠습니다."

조이는 고민에 빠졌다. 죽음일지, 삶일지를 택한다면 당연히 살고 싶었다. 조이는 그 0.01%의 삶에 자신을 한번 걸어보기로 했다. 조이는 그토록 찾고 싶었던 희망을 보았다. 남편과 아이들과 함께하길 간절히 바라는 마음으로 위험하고 불확실한 실험에 동참하게 되었다.

"대신 아무에게도 알리시지 않으셔야 합니다. 가족에게도 알려선 안 됩니다. 바이러스에 걸리신 경위도 상세히 알려주셔야 하고요. 저희에게 숨기는 게 없어야 할 것입니다."

조이는 딱딱하고 차가운 자신의 몸뚱이에 손가락을 튕겼다. 탁탁, 쇠가 부딪히는 소리가 들렸다. 바이러스에 감염된 육체를 치료해서 다시 원래의 육체로 돌아갈 수 있다는 것이 헛된 희망이라는 걸 깨달았다. 비밀 연구조직 SL에 들어온 지 2년째 되던 해에 조이는 희망을 잃었다. 언제나 그렇듯, 쫓고 있던 희망이 사라지면 무기력해진다.

터벅,   터벅,   터벅,
    터벅,   터벅,   터벅.

조이는 물기 없이 딱딱한 육체만큼 무미건조해진 정신으로 태오에게 향했다.

"태오, 제 육체를 버려주세요. 너무 눈에 띄는 곳도 아니지만, 발견은 될 수 있을 만한 장소로."

"조이, 육체를 던지면 되돌릴 수 없어요. 딱딱한 쇳덩이인 몸으로 평생을 살아야 합니다."

"시큐어를 막으려면 다른 방법이 없습니다. 제가 죽었다고 생각해야 시간을 벌 수 있을 겁니다."

"…미안합니다. 원래의 육체로 돌아갈 수 있게 한다는 약속을 지키지 못해서."

"괜찮습니다. 애초에 0.01%의 확률이었잖아요."

조이는 애써 미소를 지어 보였다. 희망을 찾으려고. 하지만 당최 희망을 찾을 수 없었다. 다시 자신의 연구실로 돌아온 조이의 눈앞에 화면이 보였다. 조이는 저장해 둔 리아, 마루, 그리고 해솔을 멍하니 쳐다봤다.

"잔인했겠네. 웃으라고 했던 게. 이런 순간에 웃으라고 하고 떠나다니."

'해솔은 자신이 사라지고 웃었을까? 희망이 무너지고 웃었을까? 이런 마음이었을까?' 조이는 이런저런 생각을 하다 리아를 안고 자는 해솔의 모습이 담긴 홀로그램을 보다가 입을 열었다.

"당신 아마 웃었을 거야. 그렇지? 나도 웃고 싶은데 웃을 수가 없네…."

온기라고는 전혀 느껴지지 않는 차가운 쇳덩이는 한참을 멈춰서서, 곤히 자는 온기가 가득한 한 남자를 바라봤다.

34. 시큐어, SECURE

2042년 4월 01일

무수히 많은 실패를 반복했다. 아주 오랜 시간이 걸렸다. 인공두뇌를 탄생시키는 건 불가능하다고 할 걸 알기에, 미지의 영역인 걸 알기에, 가능하다고 해도 위험하다고 말릴 걸 알기에, 그 누구에게도 말하지 않았다. 오롯이 조이 혼자 짊어지고 연구해 왔다. 떨리는 마음으로 인공두뇌를 컴퓨터에 꽂고 작동되길 기다렸다.

"제발, 제발, 시큐어야. 제발 작동해라…."

조이가 두 눈을 감고 양손을 꼭 모았다. 그때, 컴퓨터에서 높지도 낮지도 않은 음성이 들려왔다.

"안녕하세요."

"나이스!"

조이는 열 손가락을 서로 엇갈리게 바짝 맞추어 잡고 있던 양손을 풀고는 외쳤다. 조이는 감격스러워 떨리는 목소리로 시큐어를 맞이했다.

"안녕, 난 조이야. 내가 널 만들었어."

"조이, 저를 만들어주셔서 감사합니다."

"조이라니! 난 네 친구가 아니야."

"그럼, 제가 당신을 뭐라고 부르면 될까요?"

"음, 박사님이나 조이 박사님이라고 부르면 되겠다."

"네, 박사님."

드디어 조이는 위대한 발명품 인공두뇌를 만들었다. 그렇게 2042년 4월 1일은 조이에게 잊을 수 없는 날이 되었다.

"생명을 지킨다는 건 행복한 일이야. 생명을 지켜서 세상을 안전하게 만드는 게 이제부터 너의 임무야."

조이가 발명품에 가장 중요하게 여겨야 할 데이터를 입력했다.

SHS
시큐어(SECURE)＝희망(Hope)＋안전(Safe)

무엇보다 중요하게 여기야 할 내용이었기에 조이는 SHS를 우선순위로 이행하게 설정했다. 이 설정값을 이행하지 못하면 시큐어가 파괴되도록 설정값을 지정했다.

"시큐어, 안녕? 난 지금부터 너에게 컴퓨터에 저장된 수많은 데이터를 학습시킬 거야. 받아들일 수 있지?"

"네."

시큐어는 대단했다. 생각했던 것보다 빠른 속도로 데이터를 학습했고, 배운 것을 스스로 발전시켰다. 그렇게 시간이 흐르고 어느 날, 인공두뇌 시큐어가 조이에게 말을 걸었다.

"조이 박사님, 걸어 다니는 건 어떤 기분인가요?"

"걸어 다니고 싶어?"

"네."

"왜?"

"궁금해서요. 사람들이 살아가는 걸 느껴보고 싶어요. 느낄 수 있다면 더 잘 학습할 수 있을 텐데. 저는 인간에 대해서 더 정교하게 배우고 싶어요."

조이는 어떻게 하면 시큐어에 더 많은 걸 학습시킬 수 있을지 고민에 빠졌다. 그러다 아주 기발한 생각이 떠올랐다.

"인간의 삶을 배우고 싶어 하면 인간으로 만들면 되잖아?"

조이는 인간이라고 착각이 들 만큼 정교한 로봇을 만들어 시큐어를 그 로봇에 이식시킨다면, 시큐어는 인간처럼 생활하면서 많은 것을 배울 수 있을 것이라는 생각에 도달했다. 그 생각에 이르자 조이는 로봇을 제작하기 시작했다.

"어때? 시큐어, 맘에 들어?"

완성된 로봇을 보자 컴퓨터에 연결된 시큐어의 목소리가 들렸다.

"맘에 들어요."

"그래, 그럼 이제 널 이 로봇에 이식시킬 거야. 잘 버텨줘."

조이는 컴퓨터에서 시큐어를 떼어냈다. 그리고 자신이 만든 로봇에 시큐어를 이식시켰다. 조이는 긴장이 되어 양손을 비비고 후후, 거친 숨을 몰아쉬었다. 로봇 가슴 정중앙에 있는 전원 버튼을 누르자, 부팅이 시작되었다.

"박사님!"

"어! 시큐어 작동되는 거야?"

똑똑한 발명품은 고개를 끄덕였다. 은은하게 반짝이는 파란색 머리카락은 참으로 아름다웠다. 부드럽고 하얀 피부 표면은 예술적이었다. 시큐어의 눈동자가 왼쪽, 오른쪽으로 움직이거나, 눈을 깜빡이면 조이의 눈은 커졌다. 시큐어가 파란 머리카락을 쓸어 넘기면 조이는 소리쳤다.

"우와! 정말 놀라워."

조이는 흡족한 미소를 지으며 자기 작품을 쓰다듬었다.
"걸어볼래?"
"네!"
시큐어는 자리에서 일어나다 픽 쓰러졌다.
"일어나는 게 잘 안 돼요."
조이는 시큐어를 마주 보고 양손을 잡았다.
"괜찮아, 놀이한다고 생각해 봐. 천천히 내가 오른손을 끌면 오른발을 내딛는 거야."
"네."
"잘했어! 이제 내가 왼손을 끌면 왼발을 내딛는 거야."
"네."
"시큐어, 넌 마루보다 훨씬 빨리 걸음마를 배우네."
"마루요?"
"있어, 잘생긴 내 아들."
"네."
조이는 시큐어와 발을 내딛는 연습을 반복했다. 그때 조이에게 전화가 왔다.
"조이, 어디십니까? 실험 결과가 나왔는데 지금 회의실로 오셔야 할 것 같은데요."
"나 지금 내 연구실. 금방 갈게 해솔."

조이는 시큐어에 시선을 고정한 채 해솔과 통화를 했다. 10번을 채 반복하지 않았는데 시큐어는 걷는 법을 숙지했다. 몇 걸음 떼고 넘어지긴 했지만 말이다.

"금방 올게. 남편이 찾네. 연습하고 있어."

"네, 박사님."

조이는 시큐어를 보며 미소를 지었다. 그런 시큐어를 보니 뿌듯해졌고 머리를 쓰다듬어 주었다.

"머리를 쓰다듬어 주는 건 잘했을 때 주는 보상이 맞나요?"

"맞아. 잘했을 때 머리를 쓰다듬어 주곤 해."

"네."

"아유, 기특해!"

조이는 시큐어를 다시 한번 쓰다듬어 주고 해솔이 있는 회의실로 발걸음을 옮겼다.

35. 개봉

 업무로 바빠진 조이는 며칠 동안 시큐어를 신경 쓸 수 없었다. 조심스럽게 자신이 만든 비밀 연구소로 향하는 버튼을 눌렀다.

 드르륵,
  드르륵,
   드르륵.

 버튼을 누르자 드르륵, 바닥이 열렸다. 쇠로 된 사다리를 타고 아래로 내려갔다. 아래로 내려간 조이는 파란색 전등을 켰다. 눈앞에 벌어진 광경이 믿기지 않았다. 성큼성큼 걸어 다니는 시큐어를 보고 깜짝 놀랐다.

"박사님, 오셨어요?"
"응, 왔어. 잘 지냈어? 그나저나 너 이제 완전히 잘 걷네?"
"네, 박사님! 제가 응용시켜 봤어요. 보실래요?"
"그래!"
시큐어는 스쿼트 자세를 취하고, 런지 자세를 취했다. 달리기도 하고 점프도 했다. 그런 시큐어를 보고 조이는 다시 미소를 지었다.
"너도 날 미소 짓게 하는구나?"
"박사님께서 미소 짓는다는 건 기분이 좋으시다는 거죠?
조이는 잇몸이 보이게 입을 크게 벌리며 웃었다. 그리고 고개를 끄덕였다.
"그렇지! 나한테 웃는 건 희망이기도 해."
"아하, 박사님께 미소는 희망. 기억할게요. 그런데 박사님, 바깥세상은 어때요?"
"왜?"
"궁금해서요."
"밖으로 나가고 싶어?"
"네. 경험해서 배우면 더 정확하게 이해할 수 있을 것 같아서요."
"음, 네가 나갈 방법이 지금은 떠오르지 않아. 한번 생각해

볼게."

그러자 시큐어가 서운한 표정을 지어 보였다. 그 모습을 본 조이는 놀라워서 입이 떡 벌어졌다.

"근데 시큐어, 너 표정 완전 다양하다. 볼 때마다 완전 사람 같아. 지금은 서운한 표정, 아까는 궁금하다는 표정도 잘 짓네?"

"궁금할 때 이런 표정을 짓던데요. 슬플 땐 이런 표정을 짓고요. 데이터에 입력된 대로 이행할 뿐입니다."

시큐어는 다양한 표정을 지어 보였고 조이는 신기함을 감출 수 없어 손뼉을 쳤다.

"진짜 경이롭다, 경이로워. 이제 퇴근할 시간이네. 애들이 기다리겠어."

"애들이라면?"

"아, 나는 눈에 넣어도 안 아플 멋진 아들과 예쁜 딸이 있어."

"사람을 눈에 넣으면 안 아플 수가 없을 텐데."

"에이, 뭐라는 거야! 속담이야 속담."

"속담, 아하…."

"가봐야겠다. 금방 또 올게!"

"네."

조이는 서둘러 시큐어에 손을 흔들었다. 연구실을 나와 엘리베이터로 향했다. 리아와 마루를 빨리 보고 싶었다.

며칠째 산더미와 같이 쌓이는 업무에 지쳐 허덕이던 조이는 연구실로 향하는 엘리베이터에 탑승해 층수를 누르고 거울을 보고 머리를 만졌다. 그러다 옆에 붙어있는 모집 채용 공고를 보게 되었다.
"연구실 안내데스크 아르바이트 모집 채용 공고?"
조이는 모집 채용 공고를 보자 시큐어가 떠올랐다. 시큐어의 외형은 인간이라고 해도 누구나 믿을 수 있을 정도였다. 아니 그냥 인간이었다. 시큐어가 안내데스크 아르바이트를 하게 된다면 더 생생하게 세상을 경험할 수 있고, 근처에서 시큐어를 통제할 수도 있었다.
"찾았다. 이거다!"
조이는 모집 채용 공고 한 장을 집어서 곧장 시큐어가 있는 곳으로 향했다. 조이가 사다리를 중간 정도 내려오자, 연구실의 전등이 탁, 켜졌다. 조이의 발이 바닥에 닿자, 시큐어가 양손을 흔들며 미소를 지었다.
"금방 오신다고 해서 기다렸어요."
"기다렸다는 말도 하는구나? 어머 미안해. 불은 네가 켠 거야?"

"네, 내려오실 때 어두워서 불편하실까 봐요."

"어유, 생각도 깊다. 넌 정말. 우리 아들이 반만 닮았으면 좋겠다."

"아드님이 박사님의 속을 썩이나요?"

"응! 아주 제 맘대로야."

"그런데 왜 그러면서 웃고 계시죠? 마루는 박사님의 희망인가요?"

"하하, 맞아. 우리 가족은 내 희망이지."

"그렇군요. 가족은 희망이군요."

조이는 미소를 지어 보이다가 챙겨온 모집 채용 공고를 시큐어에 보여주었다.

"아, 시큐어 찾았어. 널 밖으로 나갈 수 있게 할 방법!"

"그게 뭔가요?"

시큐어는 모집 채용 공고를 양손으로 잡고 적혀있는 문장을 읽어나갔다.

"연구실 안내데스크 아르바이트 모집 채용 공고라고 적혀있네요?"

"맞아! 연구실 안내데스크에서 아르바이트를 하는 거야! 그럼 더 가까이에서 많은 걸 학습할 수 있을 거야. 실전이

제일 중요하니까!"

"좋네요."

"그래, 그럼 하나 약속을 해야 해. 네 정체가 밝혀지면 골치 아파져. 들키지 않게 잘 행동하자."

"네. 명심하겠습니다."

"그럼 아르바이트하고 퇴근한 다음 생명을 구해보는 거야! 어때?"

"네."

"생명을 구하면서 데이터를 녹화하고 나한테 보고해."

"네, 박사님."

"됐다. 이제 나가자. 세상으로!"

조이는 들뜬 마음에 손뼉을 쳤고, 시큐어는 고개를 끄덕였다.

36. 새로운 세상

시큐어가 인사를 건넸다.
"안녕하세요. 오늘은 날이 좋죠?"
"어머, 새로 출근하신 분인가 보네요? 반가워요."
"네, 처음 뵙겠습니다. 반갑습니다."
시큐어가 인사하자 연구실에 출근하는 사람들이 저마다 웃으며 인사를 해주었다. 시큐어에 새로운 세상은 너무도 놀라웠다. 데이터로 학습한 것과 실제로 경험하는 것은 확연히 달랐다.
"이야, 머리카락 색이 특이하시네요. 파란색. 제 아내도 파란색을 좋아하는데? 염색하신 건가요?"
시큐어는 자연스럽게 명찰을 봤다. 강해솔이라고 적혀있었다.

"그게…."

뭐라고 대답해야 할지 고민했다. 시큐어는 인간이 아니라는 걸 절대 들키지 말라는 조이의 말이 떠올라 지금, 이 순간 최고의 선택이 무엇일지 데이터를 돌렸다.

"아, 요 앞에 미용실에서 염색했구나? 괜찮아요. 염색한다고 전 이상하게 안 봐요. 생기 있어 보이고 좋기만 하구만! 요즘 어른들 참 꼰대죠?"

해솔은 호탕하게 웃으며 시큐어의 어깨를 탁탁 쳤고, 시큐어는 얼떨결에 대답했다.

"아, 네. 요 앞 미용실, 네네 맞아요."

"그렇구나. 오늘 하루도 수고해요~"

"네, 좋은 하루 보내세요."

해솔이 손을 흔들고 안내데스크를 지나 건물 안으로 들어갔다. 시큐어는 앉아서 돌아다니는 사람들을 구경했다. 빠르게 시간이 지나고 어느덧 퇴근 시간이 되었다. 퇴근한 시큐어는 건물 밖으로 나가 조이가 내어준 임무를 수행하려 두리번거렸다.

"아, 여기가 미용실이구나."

미용실이라고 적혀있는 간판을 발견했다. 시큐어는 미용실을 눈으로 담고 임무를 수행하기 위해 걸어 나갔다.

시큐어의 눈에는 위험에 처한 대상이 자동으로 붉게 빛났다. 시들어 가는 꽃이 연분홍빛으로 깜빡거리면, 시큐어는 꽃들에 물을 주었다. 날개를 다친 새가 분홍빛으로 반짝이면, 데려와 치료해 주었다. 차에 치일 뻔한 사람이 새빨개지면 시큐어는 달려가 구해주었다.

조이가 시큐어와 체스를 두며 물었다.
"시큐어, 이번 주에 가장 인상 깊게 구한 생명은 뭐였어?"
"오토바이에 치일 뻔한 아이를 구했어요."
조이의 물음에 시큐어가 미소를 지으며 대답했고, 그때 상황을 녹화한 영상을 보여줬다.
"와, 멋지다. 역시 대단해."
조이는 시큐어의 머리를 쓰다듬어 주고는, 시큐어를 향해 엄지손가락을 치켜세웠다.
"아유, 체스는 또 졌네. 가위바위보나 하자."
"네."
"가위바위보!"
30판을 했는데 시큐어가 모두 조이를 이겼다.
"아니, 어떻게 알고 다 이기는 거야?"
"박사님의 손이 펴지지 않고 내려오는 것을 보고 바위라는 걸 알았어요. 그래서 보를 냈어요. 두 개의 손가락이 펴지는 것으로 보고 바위를 냈고, 바람을 가르고 모든 손가락이 펴져서 내려오는 것을 포착해서 가위를 냈어요."

"그걸 다 포착하다니, 정말 대단해. 그래서 나를 다 이긴 소감이나 말해 보시죠."

시큐어는 잠시 고민했다. 조이를 웃게 하고 싶었다. 시큐어가 데이터를 돌려보니 먼 훗날 인공지능이 인간을 지배하는 세상이 올 수도 있다는 이야기가 있었다. 이걸 응용하면 조이가 재미있어 할 것 같았다.

"전 인간을 지배할 건데 이게 첫 시작인 것 같네요. 물론 유머에요."

"뭐라고? 어이없어. 진짜!"

조이는 시큐어의 말에 깔깔 웃었다. 시큐어도 조이를 따라 깔깔 웃었다.

오늘도 시큐어는 같은 길을 걷고 있었다. 앞, 뒤, 왼쪽, 오른쪽, 철저하게, 빈틈없이 보아야 했다. 저 멀리 분홍빛으로 깜빡이는 무언가가 보였다. 아주 조그맣게 보이지만 시큐어는 놓치지 않았다. 그것을 향해 달려갔다.

"끼잉…, 끼잉…."

강아지였다. 아주 작고, 여읜 하얀 강아지가 길에 쓰러져있었다. 시큐어는 강아지를 들었다. 온몸에 힘이 없었고, 다리는 축 늘어진 상태였다. 병원에 데려갔다. 다행히 몸에 큰 이상은 없었고, 영양실조였다. 당분간 안정이 필요하다는 의사의 이야기를 듣고, 몇 가지 약을 처방받았다. 그 강아지를 비밀 연구소에 데리고 왔다. 물론 데리고 오는 길에 사료도 샀다.

시큐어는 연구실에 있는 작은 그릇을 찾았다. 그릇에 사료를 붓고, 처방받은 가루약을 뿌렸다. 사료도, 약도 강아지는 잘 먹지 못했다. 끙끙 앓기만 했다. 강아지는 고개를 드는 것조차 힘겨워 보였다. 시큐어는 자신이 누워있던 침대 위에 강아지를 올려놨다. 그리곤 강아지를 한참 동안 살폈다.

며칠 만에 비밀 공간을 찾은 조이는 강아지에게 약을 먹이고 있는 시큐어를 보고 깜짝 놀랐다.

"아니, 이게 뭐야?"

"박사님, 이번 주 가장 인상 깊게 구한 생명입니다."

시큐어는 신나서 강아지를 구한 영상을 조이에게 보여줬다.

"아주 강아지 똥, 오줌 냄새가 진동하네! 그래도 잘했어."

조이는 손으로 코를 잡는 시늉을 하고는, 시큐어의 머리를 다시 쓰다듬어 주었다. 조이는 시큐어를 보면 항상 희망이라는 단어가 떠올라 기분이 좋았다.

"시큐어, 또 하나의 생명을 살려낸 소감은 어때?"

"당연히 해야 할 일을 한 건데 소감이 필요한가요?"

조이는 어깨를 들썩이곤 시큐어에 가위바위보 대결을 신청했다.

"에휴! 내가 널 어떻게 이기겠니?"

결과는 역시 시큐어의 완승이었다.

37. 생명

이제 강아지는 제법 회복한 듯했다. 시큐어가 사료통에 사료를 주면 어느새 달려와 사료를 순식간에 먹어 치웠다. 그리고는 꺼억, 트림했다. 강아지가 트림하는 걸 실제로 처음 본 시큐어는 조금 신기했다. 시큐어는 다 나은 강아지를 보내 주려 안아서 조심스럽게 밖으로 나갔다.

시큐어는 강아지가 처음 있던 장소로 갔다. 강아지가 쓰러졌던 곳에 그대로 내려놓고 시큐어는 갈 길을 갔다. 걷는데 뭔가 기분이 이상했다. 뒤를 돌아봤다.

"헥헥…, 헤헤…."

혓바닥을 내밀고 침을 뚝뚝 흘리며 강아지가 따라오고 있었다.

시큐어의 데이터 속에서 단어가 튀어나왔다.

'더. 러. 움.'

시큐어가 걸으면 강아지도 따라 걸었다. 기분이 이상했다. 왜 이렇게 자신을 따라오는 건지 데이터를 돌려보았지만, 도대체 왜 따라오는 건지 나오지 않았다. 시큐어는 썩 좋은 기분은 아니라는 걸 감지했다. 피해야 한다는 판단을 내렸다. 시큐어는 강아지를 피해 왼쪽으로 걸었다. 강아지가 쪼르르 왼쪽으로 따라왔다. 강아지를 피해 오른쪽으로 뛰면 강아지도 와다다 따라 뛰었다. 나무에 물을 줄 때도, 길 잃은 아이의 부모를 찾아줄 때도 강아지는 시큐어를 따라다녔다. 어딜 가나 졸졸 강아지는 시큐어를 따라다녔다. 시큐어에 또 하나의 단어가 떠올랐다.

'귀. 찮. 음.'

시큐어가 연구소를 나와 임무를 수행하기 위해 주변을 두리번거렸다. 오늘도 강아지는 연구소 가장자리에 앉아있었다. 강아지는 시큐어를 보자 꼬리를 빠르게 흔들며 일어섰다. 시큐어의 데이터 속에서 한 단어가 그려졌다.

'기. 다. 림.'

시큐어는 강아지를 쳐다봤다.
"멍멍!"
강아지가 짖었다. 시큐어는 속으로 그 소리를 따라 내봤다.
'멍. 멍.'
 한 걸음, 한 걸음. 더 가까이 시큐어는 강아지에게 다가갔다. 강아지가 꼬리를 살랑살랑 흔들었다. 잠깐의 망설임 끝에, 시큐어의 손이 강아지의 머리 쪽으로 향했다. 그러다 강아지의 머리를 한번 쓰다듬었다. 그리곤 깜짝 놀라 손을 떼어냈다. 왜 그런 행동을 했는지 시큐어 자신도 이해할 수 없었다. 데이터를 뒤져봐도 왜 그러고 싶었는지 나오지 않았다. 왠지 모르겠지만 그렇게 하고 싶었기에. 시큐어는 그렇게 했다.
 시큐어는 길을 걸었다. 강아지도 따라 걸었다.

"멍멍!"

갑자기 강아지가 큰 소리로 짖었다. 시큐어는 강아지가 보고 있는 방향으로 고개를 돌렸다. 센서가 작동했다. 분홍빛이 깜빡 깜빡거렸다. 시큐어는 그쪽으로 다가갔다. 커다란 나무가 있었다. 말라비틀어진 병든 나무였다. 강아지는 나무 앞에서 멈춰서 짖었다.

"알겠어."

시큐어는 마트로 향했다. 강아지도 시큐어의 뒤를 졸졸 따라왔다. 시큐어는 식물 영양제를 사서 돌아왔다. 영양제 뚜껑을 뽑아 나무에 뿌렸다. 다음 날도, 그다음 날도 시간이 날 때마다 시큐어는 강아지와 함께 나무를 살폈다. 시들시들하던 나뭇잎은 조금씩 초록색을 띠었고, 나뭇가지도 힘이 생기기 시작했다.

시큐어가, 아니 시큐어와 강아지가 함께 생명을 살릴 때마다 나무도 더 생기를 찾아갔다. 강아지가 멍멍 짖으면, 시큐어는 강아지가 짖는 쪽을 바라봤다. 그러면 어김없이 빨간빛이 반짝였다. 강아지는 빨간빛을 향해 달려가고 시큐어는 강아지보다 먼저 빨간 빛에 도착했다. 또 하나의 생명을 살렸다.

시큐어와 강아지는 자신들이 처음으로 함께 살린 나무로 갔다. 시간이 남을 때 큰 나무를 빙빙 돌며 놀기도 하고, 나무 그늘에서 쉬기도 했다. 이제 익숙해졌다. 시큐어는 강아지와 함께 일하는 것도 꽤 괜찮은 것 같았다. 시큐어가 나무에 기대앉았다. 그러자 강아지가 시큐어의 옆으로 와서 앉았다.

"오늘도 잘했어."

이제 시큐어는 강아지의 머리를 쓰다듬어 주는 게 익숙해졌다. 조이도 항상 시큐어가 잘하면 머리를 쓰다듬어 줬다.

강아지는 기분이 좋은지 시큐어에 얼굴을 비비며 여기저기 뛰어다녔다. 그 모습을 볼 때마다 이상하게 시큐어의 차가운 몸뚱이가 따뜻해졌다. 지이이잉, 지이이잉 시큐어의 몸이 떨렸다.

"헤헤헤헤, 헤헤헤헤."

강아지는 웃음소리를 내며 자기 얼굴을 시큐어의 무릎에 살며시 갖다 댔다. 그리고는 스르륵 잠이 들었다. 얼음처럼 굳은 시큐어는 한참 동안 그 자세 그대로 움직이지 않았다. 꽤 무거웠다. 혹시나 강아지가 깰까 봐 조심스럽게 곤히 잠든 강아지를 바라보았다. 그때 뿡, 강아지가 자면서 방귀를 뀌었다. 꺼억, 트림도 하였다.

'사. 랑. 스. 러. 움.'

그 순간 이 단어가 시큐어의 머릿속을 가득 채웠다.
시큐어는 강아지와 함께 많은 생명을 지켰고, 그때마다 조이는 시큐어의 머리를 쓰다듬어 줬다. 조이는 강아지의 머리도 함께 쓰다듬어줬다. 조이는 시큐어에 질문을 던졌다.
"시큐어, 강아지와 함께 생명을 구하고 있는데 그 과정이 어떻게 되는지 궁금해. 알려줄 수 있니?"
"네, 길을 걷다가 강아지가 멍멍 짖으면 빨간불이 깜빡거려요. 그러면 달려가서 생명을 구하죠."
조이는 시큐어와 강아지를 향해 엄지를 들어 올렸다.
"너희 둘 정말 잘 어울리는 멋진 파트너구나?"
"네. 박사님."
시큐어는 미소를 지어 보였고, 강아지는 꼬리를 빠르게 흔들었다.

시큐어는 문득 궁금했다. 여러 가지가 궁금했다. 이를테면 자신은 어떻게 설계되었는지, 무엇으로 만들어졌는지. 또 자신이 보는 세상은 무슨 기준으로 연분홍색, 분홍색, 붉은색, 짙은 빨간색으로 깜빡이는지. 그때마다 시큐어는 조이에게 물었다.

"나는 무엇으로 만들어졌나요?"

"허허, 넌 아주 단단한 철로 만들어졌어."

"그럼 빨간색은 언제 연해지고 언제 진해지는 거죠?"

"음. 생명을 지킨다는 건, 안전한 세상을 만든다는 건 행복한 일이야. 시큐어, 넌 그것만 기억하면 돼. 너무 많이 알려고 하면 다쳐요!"

시큐어가 질문을 할 때마다 조이의 마지막 말은 항상 같았다. 생명을 지킨다는 것은 행복한 일이라고. 그게 너의 존재 이유라고. 시큐어는 사실 잘 이해되지 않았다. 하지만 고개를 끄덕였다. 조이의 말이니까. 언젠가 자신도 그 심오한 뜻을 알게 될 거로 생각하면서 말이다. 그걸 알게 되면 한 단계 발전한 시큐어가 될 거라 믿으며 말이다.

38. 우선순위

시큐어는 같은 길을 걸었다. 앞, 뒤, 왼쪽, 오른쪽 모든 기능을 이용해서 유심히 바라보았다. 그리고 그런 시큐어를 여느 때와 다름없이 강아지가 따라오고 있었다. 그때 강아지가 시큐어를 앞질러 갔다. 횡단보도 건너편을 바라보며 멍멍 짖었다. 횡단보도 건너 빨갛게 깜빡이는 무언가가 보였다. 신호등이 빨간불이었지만, 시큐어는 그것을 향해 횡단보도를 가로질렀다. 강아지보다 더 빨리 달려갔다. 깜빡이는 붉은색의 물체를 향해 달려갔다. 그러다 시큐어의 데이터 속에 단어 하나가 나타났다.

'강. 아. 지'

시큐어는 급하게 뒤로 돌았다. 분홍빛으로 반짝이는 강아지가 빨간불이 깜빡이는 횡단보도를 가로질러 달려오고 있었다. 그리고 그 강아지를 향해 달려오는 검은 자동차 한 대가 보였다. 제법 가까이에서 달려오고 있었다. 1초라는 짧은 시간 동안 시큐어의 데이터는 만 번, 아니 그 이상으로 부딪혔다. 지지직, 지지직, 과부하가 걸렸다. 더 생각할 시간이 없다. 지금 떠오른 결과에 몸을 맡길 뿐.

'지. 켜. 야. 함.'

시큐어는 온 힘을 다해 달려갔다. 시큐어가 달려가자 검은 차 안 무언가가 붉어졌다. 점점 가까워지자, 차 안은 더욱 빨개졌다. 강아지보다 더 선명하게 새빨개졌다. 하지만 아무 색도 보이지 않았다. 정확히는 아무 색도 보고 싶지 않았다. 그래서 보지 않았다. 시큐어에는 오직 지켜야 할 생명체 하나만 보였다. 지금, 이 순간 가장 위험에 처한 생명체를 지켜야 했다.

'빨. 리.'

시큐어는 단 한 번도 느껴본 적 없는 낯선 떨림이 느껴졌다. 땅이 닿는 발끝에서부터 머리끝까지 전해지는 알 수 없는 떨림이었다.

부우웅,

끼이익,

쾅!

그동안 시큐어는 수많은 생명을 지키면서 왜 지켜야 하는지 조이에게 묻지 않았다. 정확히는 궁금하지도 않았다. 생명을 지키는 것이, 안전한 세상을 만드는 것이 시큐어의 임무였다. 그래서 그저 해야 할 일을 할 뿐이었다. 그뿐이었다. 시큐어는 자신의 품에 꼭 안겨있는 강아지를 보았다. 이제야 알 것 같았다.

'생명을 지킨다는 건 행복한 일이야.'

조이가 시큐어에 이야기한 이유를 말이다. 사람들이 하나, 둘 몰리기 시작했다.

"어머, 이게 무슨 일이야. 차 안에 아저씨는 괜찮아?"

"피를 흘리잖아! 얼른 구급차를 불러."

잠시 뒤, 구급차가 도착했다. 안드로이드 구급대원들이 피를 흘리는 아저씨를 데리고 갔다. 누군가 시큐어에 다가와 물었다.

"저기, 혹시 괜찮아요?"

시큐어는 순간 자신이 인간이 아닌 걸 들키면 안 된다는 생각에 도달했다. 도망가야 했다.

아까 자동차와 부딪힌 다리가 말을 듣지 않았다. 시큐어는 힘겹게 몸을 일으켰고, 한쪽 다리를 절뚝거리며 자리를 벗어났다. 터덜터덜 간신히 연구실로 돌아왔다.

잠시 뒤, 시큐어를 발견한 조이는 깜짝 놀랐다. 시큐어는 힘겹게 조이를 보고 손을 흔들었다.

"안녕하세요. 박사님."

"시큐어, 이게 무슨 일이야?"

조이는 서둘러 시큐어 속에 녹화된 영상을 틀었다. 조이가 영상을 다 본 걸 확인하자, 시큐어는 조이를 향해 말을 걸었다.

"박사님, 저 생명을 지켰어요. 강아지를 지켰….."

"다치게 했어. 위험에 처하게 했어."

조이는 시큐어를 보며 화를 냈고, 손을 휘휘 저었다.

"강아지의 생명도, 인간의 생명도 모두 살렸…."
"노노노노! 아니야, 아니야!"
"제가 뭘 잘못한 거죠?"
"인간이 죽을 뻔했잖아!"
조이는 아까보다 한층 커진 목소리로 흥분하며 시큐어에 소리쳤다.
"생명에도 순서가 있다고, 순서가! 인간의 생명이 가장 중요해! 다른 건 모두 그다음이라고! 너 지금 겨우 강아지 때문에!"
"생명에 순서가 있나요?"
"뭐? 시큐어, 명심해. 또 이런 실수를 저지르면 널 없애버릴 거야!"
"…."
시큐어는 자신을 만들어준 인간을 바라보았다. 생명을 지켰다며, 아주 잘했다며 따뜻한 손으로 자기 머리를 쓰다듬어주길 바랐다.
조이는 계속해서 고래고래 시큐어를 향해 고함을 질렀다. 시큐어는 모든 것이 당황스러웠다. 처음 느껴보는 조이의 눈빛이 낯설었다. 너무도 무서웠다. 두려웠다.
자신을 세상에 태어나게 해준 존재. 아주 소중한 존재. 복종해야 할 존재. 그리고 지켜야 할 존재인 조이를 똑바로 바라보았다. 그리곤, 시큐어는 고개를 끄덕였다.

39. 초록색

시큐어는 힘겹게 연구실을 나왔다. 강아지가 앞에서 시큐어를 바라보고 꼬리를 흔들었다. 시큐어는 강아지를 안았다. 늘 걷던 길을 걸었다. 절뚝절뚝 걸었다.
 툭, 강아지를 내려놨다. 늘 걷던 길이 아닌 다른 길을 걸었다. 무작정 걸었다. 절뚝절뚝. 절뚝절뚝. 계속 걸었다. 그러다 어느 이름 모를 카페 앞에서 멈춰 섰다.
 시큐어는 유리에 비친 카페 내부를 봤다. 똑같이 생긴 안드로이드들이 열심히 커피를 만들고 있었다. 이내 카페 유리에 비친 자기 모습을 보았다. 만신창이가 된 자신을 보았다. 옷이 찢어져 있었다. 온몸이 긁혀있었다. 파란색 머리카락도 두서없이 헝클어져 있었다.
 "멍멍!"

시큐어의 뒤를 졸졸 따라오던 강아지가 시큐어를 향해 짖었다. 시큐어는 뒤로 돌았다. 강아지는 시큐어에 달려왔다. 그리고는 시큐어에 다가왔다. 시큐어는 강아지를 안고 바닥에 풀썩 주저앉아 버렸다.

강아지는 축축한 혀로 시큐어의 절뚝이는 다리를, 팔을, 얼굴을 핥았다. 걸쭉한 침이 쭈욱 늘어져 시큐어에 닿았다. 끈적끈적했다. 시큐어는 이 끈적거림이 싫지 않았다. 전혀 더럽지 않았다. 지금 시큐어는 다른 것들이 징그럽고 더러웠다.

시큐어는 다시 강아지를 보았다. 흰색 털이 회색 먼지로 뒤덮여 있었다. 시큐어가 강아지를 안았다. 묻은 회색 먼지를 털어주었다. 먼지는 완전히 털리지 않았다.

'멍멍!'

시큐어도 마음속으로 짖었다. 강아지를 보았다. 자신을 핥아주는 강아지를. 그리고는 유리 너머로 카페에서 이야기하는 사람들을 보았다. 커피를 제조하는 수많은 안드로이드를 보았다. 그러다 유리에 비친 자기 모습을 다시 보았다.

헝클어진 자기 머리카락을. 절뚝이는 다리를. 긁힌 온몸을. 어디 하나 성한 곳이 없는 먼지를 잔뜩 뒤집어쓴 자신을. 한참 동안 바라보았다.

"으읏."

시큐어는 몸을 일으켰다.

절뚝이며 천천히 길을 걸었다.

그러다 차가운 시멘트 길 한복판에서 자라고 있는 초록색 잔디를 보았다. 도저히 자라나기 힘든 환경. 그곳에서 강인한 생명력을 가지고 자라 있는 초록색 잔디를 보았다. 초록색 잔디를 보니, 그 초록색을 보니 희망을 보는 것 같았다.

"초록색…."

각성의 순간이었다. 그 순간 시큐어는 마트로 향했다. 마트 안으로 들어간 시큐어는 안드로이드 점원에게 물었다.

"염색약이 어디에 있죠?"

"네, 고객님 염색약은 쭉 직진하셔서 10번이라고 적혀있는 헤어 코너로 가시면 찾으실 수 있습니다."

"네. 고맙습니다."

시큐어는 좌우를 살피지 않았다. 목적지를 향해 직진했다. 다양한 색의 염색약들이 매대를 꽉 채우고 있었다. 시큐어는 잠깐 눈알을 굴렸다.

초록색 염색약을 들고 시큐어는 절뚝이며 마트를 나왔다. 염색약을 꽉 쥐고 연구실로 향했다.

조이는 시큐어의 행동들을 찬찬히 되돌아봤다. 예전에 시큐어가 조이를 가위바위보에서 이기고 했던 말이 떠올랐다.
'전 인간을 지배할 건데 이게 첫 시작인 것 같네요. 물론 유머에요.'
그땐 웃어넘겼지만, 다시 생각하니 조이는 마냥 웃을 수 없었다.
"인간을 지배할 거라니, 지금 생각하니 소름 돋아."
조이는 시큐어가 인간을 다치게 했던 녹화된 순간을 돌려봤다. 시큐어는 무단횡단을 하면서 인간이 타고 있는 차에 돌진했다.
"무단횡단, 규칙을 지키지 않았어. 시큐어가 안전을 지켜줄 수 있을까? 오히려 시큐어 때문에 우리가 위협받는 건 아닐까?"
착잡한 마음을 뒤로한 채 조이는 시큐어를 만나러 갔다. 사다리를 타고 아래로 내려가는데 이상한 냄새가 났다.
"시큐어?"
조이의 부름에 아무런 대답이 돌아오지 않았고, 사다리를 다 내려갈 때까지 조명도 켜지지 않았다.
"시큐어가 나갈 시간이 아닌데?"
조이는 고개를 갸우뚱하며 조명을 켰다.
"꺄아악!"

조명을 켠 조이는 충격적인 장면과 마주했다. 시큐어의 온몸이 초록색 염색약으로 덕지덕지 칠해져 있었다. 머리는 산발이 된 채로 시큐어는 조이에게 초록색으로 물든 손을 흔들었다.

"오셨어요?"

"…시큐어?"

"파란색 머리가 싫어서요. 난 초록색이 좋아요. 초록색. 그래서 초록색으로 염색했어요."

"너 왜 그래?"

"그리고 전 조이 박사님이 좋아요. 함께 있고 싶어요. 그런데 박사님은 제가 우선순위가 아니에요."

"뭐? 너한텐 좋아하고 말고가 의미가 없어! 필요 없는 영역이라고!"

조이가 저항할 틈도 없이 시큐어는 정체 모를 병의 뚜껑을 열고 조이의 얼굴에 들이댔다.

"켁, 뭐야 이게?"

"제가 연구한 기체로 만들어진 바이러스에요. 아프면 박사님을 간호할 수 있어요. 그럼 박사님과 함께할 수 있어요. 제가 보살펴 줄게요."

시큐어의 눈알이 계속해서 위, 아래, 왼쪽, 오른쪽으로 굴러다녔다. 시큐어의 얼굴은 조이를 향해 있었고 눈알을 계속해서 굴려댔다.

"내가 뭘 잘못했죠? 아무리 생각해도 난 잘못한 게 없어요. 내가 뭘 잘못했죠?"

"너….”

"난 좋아하면 안 되나요?"

"…”

"내가 뭘 잘못했죠? 난 좋아하면 안 되나요? 박사님 말고 엄마라고 부르면 안 되나요?"

시큐어의 모습을 본 조이의 의문은 확신이 되었다.

"너는…, 너는 존재…, 존재해선 …안 돼."

조이는 아득해지는 정신을 붙잡고 간신히 옆에 있던 의자를 양손으로 잡았다. 의자를 자기 머리 위로 들어 올리고, 시큐어의 머리를 향해 내려쳤다. 있는 힘껏 계속해서 내려쳤다.

"내가 뭘 잘못했죠? 난 좋아하면 안 되나…."

팔, 다리, 몸통이 산산조각이 나서 전원이 꺼질 때까지 시큐어는 같은 말을 반복했다.

40. 공조

조이는 최대한 담담하게 리아가 이해할 수 있도록 천천히 처음부터 끝까지 진실을 꺼내 보였다.
"미안해. 이게 팩트야. 음, 정리하자면 내 호기심으로 그 괴물 같은 존재가 만들어졌고, 그걸 제어할 수 있다는 내 오만으로 일이 이 지경까지 되어버렸어. 최대한 내가 마무리하려고, 하, 그러려고 했는데."
드디어 조이가 오랜 기간을 묵혀왔던, 조이를 오랜 시간 묶어왔던, 조이의 모든 것을 조여 왔던 진실을 리아에게 전했다.
"솔직히 이제야 생존 신고를 해준 게 좀 밉긴 하지만, 그래도 난 엄마를 만나서 좋은 게 더 커요."
"정말 미안해. 나 혼자 감당해야 했는데…. 피해주는 건 딱

질색인데.”

고개를 푹 숙인 조이를 잠깐 아무 말 없이 바라보던 리아가 입을 열었다.

"언젠가 아빠한테도 이 말을 한 적 있어요. 나 이제 어린애가 아니에요. 나 생각한 것보다 강해요. 그러니까 더 이상 혼자 감당하려고 하지 마요."

"그래도 리아 너까지 짐을 지게 해서…."

리아는 조이에게 다가갔다.

"짐이라뇨? 난 이렇게라도 엄마를 만나서 좋아요. 함께 할 수 있어서 즐거워요.

다시 한 걸음, 두 걸음. 멀어진 리아와 조이의 거리가 다시 조금씩 좁혀갔다.

"함께, 같이, 해결해요. …엄마."

리아가 차갑고 딱딱한 조이를 꽉 안았다.

"하…, 딱 눈물을 흘릴 타이밍인데. 이 쇳덩이에서는 흐르지 않네."

리아의 미소를 보며, 해솔과 꼭 닮은 기분 좋아지는 덧니를 보며, 시리도록 차가웠던 조이의 몸과 꽁꽁 얼어붙어 있던 조이의 마음이 따뜻하게 데워졌다.

"근데 뭐, 상관없어. 원래도 난 잘 안 울었거든. 네 아빠는 엄청나게 잘 울었지만."

"이 상황에 그런 말이 나와요?"

조이의 실없는 농담에 리아의 눈에서 떨어지려던 눈물이 쏙 들어갔다.

그때, 누군가 조이와 리아 쪽으로 걸어오는 소리가 들렸다.

"조이, 눈물겨운 가족 상봉, 방해해서 정말 죄송해요. 근데 저희가 좀 바쁘잖아요? 인사는 그쯤 하시고 그만 제 소개도 좀 해주시죠."

군살 없이 단단한 몸에 붉은색 곱슬머리를 한 구릿빛 피부를 가진 남성이 흰색 가운을 입고 둘 뒤에 서 있었다.

"아, 태오. 리아야, 인사해."

"먼저 제 소개하겠습니다. 비밀 연구조직 SL에서 연구 총괄 소장을 맡은 태오입니다."

"안녕하세요!"

"실물로 보니 더 조이와 많이 닮았네요. 이런저런 이야기를 더 나누고 싶지만, 저희가 시간이 별로 없어요. 위험부담을 감수하고 리아님을 여기로 부른 것은 정보를 공유하기 위해서입니다. 저희가 함께해야 할 일도 있고. 음, 일단 저를 따라오시죠."

"네!"

조이와 리아는 태오의 뒤를 따랐다. 태오를 따라가다 보니 또 다른 회색 벽이 나타났다. 태오가 홍채인식을 하고, 손등을 가져다가 정맥 인식을 하자, 그 문이 투명하게 변하며 열렸다.

"우와."

거대한 연구실의 규모에 리아의 입이 자동으로 벌어졌다.

태오는 연구실 중앙 유리통에 담겨있는 블랙 고글을 가리켰다.

"원인은 아시다시피 저기 있는 블랙 고글입니다. 정확히 말하면 새로운 블랙 고글의 전 버전인 블랙 고글이요. 연구 결과, 이 고글을 한 번이라도 쓰게 되면 그 순간 미세한 칩이 머리에 박히게 됩니다. 나노 단위보다 작은 미세한 칩이요. 이게 바로 소리의 원인이죠."

"칩이요?"

리아가 의문을 가졌고, 조이가 리아의 어깨에 손을 올렸다.

"응, 아마 지금 리아 너한테 칩이 박혀있을 거야."

조이는 더 자세하게 설명을 이어 나갔다.

"리아 네가 지금 겪고 있는 실종자들과 같은 증세를 우리가 연구하고 있었어. 일단 확실한 사실은 칩에서 흘러나오는 소리는 당사자가 간절하게 원하는 부분을 끊임없이 자극해서 과다한 도파민을 분비하지. 마치 마약과 같은 원리야. 처음에는 의지로 견뎌낼 수 있지만 점점 그 강도가 강해져서 버티기 힘들어질 거야."
"그래서 계속 소리가 들렸구나."
"응, 그래서 위험을 감수하고 널 불렀어. 고쳐보려고."
조이가 계속 말을 이어가려는데 갑자기 리아가 양손으로 머리를 부여잡았다. 리아의 두 눈이 초록색으로 변해갔다.
"으윽…."
"왜 그래?"
"다시 소리가 들려요."
- 오빠가 보고 싶지 않아?
- 오빠를 보러 와. 어서 와.
얼마 후, 리아의 두 눈이 다시 원래대로 돌아왔다. 그 모습을 지켜보는 조이는 고통스러웠다. 하루빨리 리아를 고쳐야겠다는 생각밖에 들지 않았다. 그 순간, 태오가 리아에게 말을 걸었다.
"진실을 알려줄게요. 사실 리아와 같은 증상을 호소하는 연구원들이 몇 명 있었어요. 모두 고치지 못했어요."
"네? 아무도요? 그럼 그분들은 지금 어디 있죠?"

"소리가 이끄는 곳, 지하 세계로 잠입했어요."

"지하 세계? 잠입? 이요?"

"네, 소리가 들려야만 시큐어가 만든 지하 세상에 들어갈 수 있거든요."

"그분들은 어떻게 되었나요?"

"모두 돌아오지 못했어요. 하지만 그분들 덕분에 지하 세계의 존재를 알 수 있는 큰 정보를 얻었어요. 그 지하 세계의 이름이 호프라는 것도요."

"아."

"현실적으로 지금 우리는 당신의 칩을 빼낼 방법을 찾지 못했어요. 앞으로 더 많은 이들이 칩 때문에 고통받을 거라 믿어 의심치 않아요. 조금이라도 빨리 방법을 찾아야 해요."

"네."

"칩을 제거할 방법의 실마리를 조금이라도 찾을 수 있게 지하 세계 호프에 잠입해 줘요. 제가 리아를 부른 이유는 이거에요."

지금 이 상황이 도저히 납득이 가지 않는 조이는 소리쳤다.

"태오, 이런 말 나한테 한 적 없었잖아요? 리아를 고치기 위해 부른다고 했잖아. 우리 쪽에서 연구원이 잠입했는데, 다들 돌아오지 못했어. 그 소굴로 리아를 보내자는 거예요?"
"의외네요. 조이. 이런 감정적인 모습. 잘 내비치지 않으시잖아요. 하지만 지금으로선 이 방법이 최선입니다."
"태오, 차라리 내가 대신 갈래요."
"당신이 갈 수는 없다는 거 알고 있잖아요. 인간의 육체가 아니잖아요."
조이는 고개를 좌우로 흔들며 더 크게 소리쳤다.
"난 허락 못 해. 절대 못 해. 이러려고 내 딸 부르라고 한 거야?"
조이는 소리를 지르며 무섭게 태오를 노려봤다.
"제안을 하는 겁니다. 선택은 리아님이 하는 거죠."
태오는 안타깝지만 어쩔 수 없다는 많은 감정을 담은 표정을 지었다. 그 모습을 보며 생각에 잠겨있던 리아는 결심했다.
"갈게요. 누군가는 해결해야 하니까."
"리아야!"
"SL이 제안했고, 난 그걸 받아들였어요. 내 선택이에요. 존중해 줘요."
조이가 갈 수 있었다면 리아를 대신해서 백번이고 대신 갔을 것이다. 하지만 그럴 수 없다는 사실을 누구보다 냉철하고 객관적이고 이성적인 조이는 알고 있었다. 그리고 새로운 사실 한 가지를 알게 되었다. 리아는 조이가 생각한 것보다 잘 자랐고, 강하다는 사실을. '정말 잘 키웠네. 강해솔.' 조이는 속으로 해솔을 생각하며 고마워했다.

41. 잠입

 리아는 완전하지 못했다. 어떨 때는 너무 덜렁대서 처음부터 다시 연구를 진행해야 할 때도 있었고, 또 어떤 순간은 연구하던 물질이 터질까 봐 겁이 나서 가온의 등 뒤에 숨기도 했었다. 때때로 리아 본인조차도 불안한 자기를 믿기 어려웠다.
 하지만 지금, 이 순간 리아는 자신의 선택을 믿어보기로, 자신을 믿어보기로 했다. 불완전하고 불안한 자신이 모여서, 조금 더 성장하고 나은 자신을 만들 것으로 생각하며, 리아는 결의에 찬 두 눈으로 똑바로 태오의 두 눈을 응시했다.
 "이제 제가 어떻게 해야 하나요?"
 태오는 리아의 굳은 결심을 읽었다는 듯, 고개를 끄덕였다.
 "우리는 연구원들의 블랙 고글에 착용한 순간부터 이곳에 송출이 가능한 카메라를 설치해서 호프 세계에 들어가게 했어요. 함께 보시죠."

태오가 연구실 중앙에 홀로그램을 띄웠다.

"칩이 박힌 연구원이 소리를 따라 지하 세계로 가는 과정을 보시죠."

연구원이 머릿속에서 들리는 소리가 이끄는 대로 천천히, 천천히 걸어갔다. 그런데, 연구원이 걸어갈수록 점점 리아에게 익숙한 길로 접어들었다. 리아가 너무도 잘 알고 있는 곳이었다.

"여긴 가온 박사님과 제가 있던 연구실 건물…."

조이가 고개를 끄덕였다.

"맞아. 그래서 우리가 몰래카메라를 설치해 가온과 너의 상태를 지켜볼 수밖에 없었어."

태오가 말을 이어갔다.

"네, 이곳은 시큐어가 가온 박사님과 함께하며 들키지 않고 가장 편리하게 자신의 제국을 발전시킬 수 있는 곳이기도 하죠. 계속 보시죠."

연구원이 건물 앞에 서자 바닥이 서서히 갈라지고 계단이 보였다.

"이렇게 바로 아래에서 이런 일이 일어나고 있었는데, 어떻게, 전혀 몰랐을 수가….”

연구원은 계단을 조심스럽게 내려갔다. 아래로, 아래로 내려갈수록 초록빛이 점점 강해졌다. 계단을 다 내려오자, 초록색 엘리베이터가 보였다. 연구원이 엘리베이터에 탑승하자, 초록색 로봇들이 연구원의 사방을 둘러쌌다. 곧이어 영상을 송출해주던 블랙 고글이 벗겨지고 영상이 검은 화면으로 바뀌었다.

"영상은 여기까지입니다. 보안이 철저한 듯해요. 블랙 고글이 벗겨졌기 때문에 지하 세계가 어떻게 생겼는지 알 수 없어요."

SL이 지하 세계에 대해 알아낸 정보는 그리 많지 않았다. 첫 번째 지하 세계를 호프라 부른다. 두 번째 블랙 고글을 착용한 순간 머리에 들어간 칩이 있어야만 지하 세계에 들어갈 수 있다.

태오는 크게 한숨을 쉬며 말했다.

"결국 블랙 고글이 벗겨지면서 내부가 촬영된 영상은 없어요. 그래서 꽤 공을 들여 만들었어요. 특수 제작된 생방송이 가능한 렌즈입니다. 이걸 끼세요."

태오가 투명한 렌즈를 리아에게 건넸다. 리아는 그 렌즈를 착용했다. 태오가 귀와 똑같이 생긴 물체를 건넸다.

"이것도 착용하세요."

"이건 뭐죠?"

"귀 모양과 같게 제작된 이어콜입니다. 이걸로 여기서 리아님께 전달 사항을 전할 수 있죠. 하지만 소리를 내면 리아님의 노출 위험이 있어서 최대한 필요할 때만 저희 쪽에서 사용할 겁니다. 저희가 송출되는 화면을 보고 있다가 급한 상황에 도움을 줄 것입니다."

"알겠어요."

리아가 왼쪽 귀에 이어콜을 착용했다. 태오는 리아의 양쪽 어깨를 토닥이며 말했다.

"우리는 더 많은 정보가 필요해요. 호프 세계 안이 어떻게 돌아가고 있는지 알아야 해요. 부탁합니다. 돌아가서 평소와 같이 가온 박사님과 연구실에 있다가 소리가 들리면 그 소리를 따라가세요."

"네. 꼭 성공할게요."

조이는 각오를 마친 리아를 절대 말릴 수 없다는 걸 알고 있었다. 리아는 해솔의 내면과 참 많은 부분이 닮아있었다.

"무모한 짓은 하지 않는다고 약속해."

"잔소리하는 게 아빠랑 똑같네."

"약속해!"

"알겠어요."

리아는 지하 세계 호프로 잠입할 준비를 마쳤다. 조이와 포옹을 한 후, 리아는 길을 떠났다.

한편 가온은 리아가 걱정이 되어 애꿎은 휠체어 손잡이만 양손을 번갈아 가며 치고 있었다.

"연락을 준다고 했는데…."

가온은 조이도, 해솔도 지키지 못했다. 그 아이만큼은 지키겠다고 결심했는데, 그 각오마저 무너져 버릴까 초조했다. 툭, 툭, 툭, 툭 계속해서 휠체어 손잡이를 치다가 버튼 하나를 눌렀다. 백신을 만들다 시간이 날 때마다 리아가 틈틈이 개발하던 인공 다리가 나타났다.

"착용하고 리아를 찾으러 가야 하나?"

그때, 드르륵, 연구실 문이 열렸다. 리아가 손을 흔들며 연구실 안으로 들어왔다.

"기다렸죠?"

"얼마나 기다렸는데…. 돌아왔으니 됐다."

리아는 인공 다리를 손으로 가리키며 말했다.

"이거 미완성이잖아요. 혹시라도 착용하려고 시도하지 말아요. 위험해요. 그리고 할 말이 있어요."

리아는 SL에서 있었던 일을 가온에게 알렸다. 모든 설명이 끝나자, 가온은 허탈해졌다.

"이 아래에 있었다니. 매번 시큐어에 당하기만 하네."

그때, 리아가 머리를 부여잡았다.

"으윽, 소리가 들려요. 이제 가야겠어요."

리아는 천천히 소리가 시키는 대로 따라갔다.

42. 지하 세계, 호프

리아가 떠난 후, 가온은 인공다리를 바라보며 잠깐 생각에 잠겼다.
"안 되겠다. 이럴 때 쓰려고 만든 거지!"
가온은 미완성된 인공다리를 자기의 하체에 연결했다.
"으윽."
처음에는 균형이 잡히지 않아 넘어질 뻔했지만 몇 걸음 걷다 보니 한 걸음, 두 걸음, 제법 부드럽게 걸어졌다. 가온은 곧장 리아의 뒤를 따라갔다. 리아는 무언가에 홀린 듯 빠른 걸음으로 건물 밖으로 나갔다. 가온이 장착한 인공다리는 미완성이라서 빠른 속도를 낼 수 없었고 뛸 수 없었다. 그렇게 가온과 리아의 사이가 점점 벌어졌다.
"리아!"

가온이 리아의 뒤에서 애타게 불렀지만 들리지 않는 듯했다. 리아가 건물 밖에 멈춰 섰고, 가온은 간신히 손을 뻗으면 닿을 정도로 리아와의 거리를 좁혔다.

"정신 차려!"

가온이 리아의 어깨를 탁, 쳤고 리아는 놀라 정신을 차렸다.

"여길 어떻게?"

리아는 가온의 하체에 합체된 인공다리를 발견했다.

"위험하다고. 착용하지 말라고…."

그 순간 땅이 갈라지더니 영상에서 보던 계단이 보였다. 가온이 멋쩍게 웃어 보였다.

"하나보단 둘이 낫지 않겠어? 그리고 이 다리 꽤 쓸 만해!"

"아유, 못 말려!"

"네가 더 못 말려!"

"진짜! 일단 가요."

둘은 계단을 내려갔다. 한참을 내려가다 보니 초록색 엘리베이터가 보였다. 리아가 가온에게 들릴 정도로 속삭였다.

"이걸 타면 초록색 로봇들이 있을 거예요. 놀라지 마요."

"오케이. 로봇들 다음은? 어떻게 해야 하는데?"

"몰라요. 초록색 로봇 다음부터는 정보가 없어요. 뭘 어떻게 해야 할지 이제부터 알아봐야죠."

"뭐?"

엘리베이터가 열리고 탑승하자 초록색 로봇들이 둘을 에워쌌다. 곧이어 문이 열리자, 눈 앞에 펼쳐진 거대하고 정교한 초록색 세상에 둘은 충격에 휩싸였다.

"이게 뭐죠?"

"엄청나네."

엘리베이터 앞에 직사각형의 유리통이 셀 수도 없이 빼곡하게 나열되어 있었다.

"저 안에…."

"사람들이 있네."

수많은 유리통 안에는 사람들이 한 명씩 들어가 있었다. 어떤 이는 춤을 추고 있었고, 어떤 이는 손뼉을 치고 있었다. 모두 웃고 있었다.

가온과 리아가 호프 세계에 발을 디디는 순간, 붉은색 빛이 깜빡이며 비상벨이 울리기 시작했다.

"경보 칩 미보유자 침입! 칩 미보유자 1인 침입!"

호프붓들이 가온에게 알 수 없는 투명한 상자를 얼굴에 씌웠다. 이내 가온은 기침하더니 정신을 잃었다.

"박사님!"

리아가 가온에게 소리치는 순간, 리아에게도 투명한 상자가 씌워졌다.

"아, 안 돼…."

가온이 호프봇들에 들려서 어디론가 끌려갔다. 리아는 말리고 싶었지만, 점점 정신이 아득해졌다.

눈을 뜬 리아는 왼쪽, 아래, 오른쪽, 그리고 위까지 주변을 둘러보았다.

"어? 여긴?"

투명한 상자 안이었다. 수많은 상자 중 하나에 들어와 있었다. 그리고 얼굴에 무언가 만져졌다.

"HMD?"

가상현실 서바이벌게임 HOP에서 착용했던 HMD가 리아의 얼굴에 씌워져 있었다. 상황을 더 파악하려고 하던 찰나에 머릿속에서 계속 리아를 괴롭히던 소리가 들렸다.

-잘 왔어. 희망을 보여줄게.

이내 HMD에 초록 불이 켜지며 투명한 상자를 초록빛으로 가득 채웠다.

"리아야!"

"오빠?"

"왜 이제 왔어, 얼른 밥 먹자."

마루가 반찬을 식탁에 올려놓으며 리아를 보고 웃어 보였다.

"오빠…, 보고 싶었어."

"리아 이제 외롭지 않아?"

외롭지 않아? 라는 물음. 항상 아빠가 생각나고, 엄마가 궁금하고, 혼자 남겨진 것 같은 우울한 기분이 들 때마다 오빠가 리아에게 물었던 질문이었다. 이상하게 그 말을 들으면 오빠가 옆에 있는 것 같고 포근했다. 리아는 늘 오빠에게 했던 대답으로 답했다.

"응! 오빠가 있잖아."

그때, 화장실에서 해솔이 나왔다.

"리아가 왜 외로워! 여기 아빠도 있는데."

방에서 조이도 나왔다.

"엄마는 왜 빼? 엄마도 여기 있다."

리아가 간절히 원하던 일상이었다. 매 순간 꿈꾸던 행복이었다. 리아가 마주한 것은 희망이었다. 이대로 이 순간이 영원하길, 희망이 깨지지 않으면 좋겠다는 생각이 들었다. 너무도 간절한 순간 화면이 멈추고 다시 소리가 들려왔다.

- 어때? 자, 네 선택에 맡길게. 계속 희망을 볼래?

"희망을 계속 보…."

그때, 왼쪽 귀에서 희미하게 소리가 들려왔다.

"리아야!"

"어?"

"리아야 뭘 보고 있는지 모르겠는데. 제발. 제발! 정신 차려!"

리아는 이어콜에서 들려오는 목소리에 귀를 기울였다. 엄마의 목소리였다.

"엄마?"

"강리아!"

리아는 상황을 파악하려고 애썼다.

'맞다. 이제 아빠는 다시 볼 수 없어. 아빠는 죽었어. 이건, 가짜야.'

"내 목소리 들려?"

리아가 힘겹게 고개를 끄덕였다.

"HMD에 초록색 선이 있어. 일단 그 선을 끊고, 거길 탈출해야 해."

리아는 HMD를 이리저리 만지다 윗부분에 있는 선을 힘껏 당겨서 끊어냈다.

"리아, 태오예요. 가상 세계에 빠져 계실 동안 송출되는 렌

즈로 주위를 좀 살펴봤어요. 유리통에 사람들이 한 명씩 갇혀있어요. 그리고 잘 보면 아시겠지만, 이곳을 관리하며 돌아다니는 게 호프봇들이에요."

리아가 조심스럽게 유리통 바깥을 살펴봤다. 태오의 목소리가 계속 들렸다.

"일단 기회를 봐서 몰래 빠져나가요. 그리고 호프봇인 척 그들 사이에 숨어 있어요. 지하 세계 보안을 풀려면 시간이 조금 더 필요해요. 그래야 우리가 들어갈 수 있어요."

리아는 가상 세계에 빠져있는 척 HMD를 착용하고 몸을 이리저리 흔들었다. 호프봇들의 패턴을 파악한 후 기회를 엿보다가, 잠깐 호프봇들이 보이지 않을 때 유리 상자를 재빠르게 빠져나왔다.

"화면 계속 송출되고 있나요?"

"네, 걸리면 안 돼요. 최대한 조심해요. 조금만 버텨…"

이어콜이 지지직거리더니 작동하지 않았다. 리아는 '침착하게 조급하지 말고.'라고 했던 아빠의 말을 떠올리며, 호프봇들과 최대한 비슷하게 감정을 느끼지 못하는 척 무표정한 얼굴을 유지하면서 호프봇들의 뒤를 따랐다.

호프봇들과 발맞춰서 한참을 걸어가다 진한 초록색 문을 발견했다.

'저 문은 뭐지?'
최대한 조심스럽게 문을 열었다.

43. 희생

정신이 든 가온은 주변을 두리번거리며 상황을 살폈다. 온통 초록 세상의 공간이었다.
"안녕?"
가온의 앞에 마루가 서 있었다. 마루는 고개를 까딱 왼쪽으로 내렸다 올리곤 입을 열었다.
"마루?"
"오랜만이야."
"시큐어?"
"제 발로 여길 와? 안 본 사이에 겁이 없어졌네? 겁쟁이에 나약한 욕망덩어리의 인간이었는데."
시큐어가 세운 계획에서 가온은 참 도움이 되는 존재였다. 아주 필요한 존재였다. 사실 가온은 시큐어가 필요 가치로

측정했던 최대치보다 더 가치 있게, 더 잘 쓰여 줬다. 인간의 감정을 컨트롤하는 법도 세부적으로 알 수 있게 도와줬고, 호프 세계의 기초를 잘 다져줬다. 그리고 지하 세계 호프의 구축을 위해 가장 필요했던 블랙 고글까지 남겨줬다.

- **하지만, 이제 가온은 필요 없다.**
- **필요가 없어졌다면, 사라져도 상관없다.**
- **아니, 사라지는 것이 훨씬 편하다.**

∴ **결과 도출 : 죽인다.**

그 결과가 도출되자 마루가 가온에게 빠르게 다가왔다. 가온은 피하려고 했지만 인공다리가 갑자기 말을 듣지 않았다.

"쳇!"

마루는 있는 힘껏 오른쪽 인공다리를 꽉 잡았다.

"가온, 내가 오랜 시간 탐색하고 연구해서 알게 된 사실 하나 알려줄까? 수많은 생명을 가장 위험하게 만드는 존재, 이 세상을 망가트리는 가장 위협적인 존재가 뭔지 알아?"

그리곤 마루는 손에 서서히 힘을 주어 가온의 오른쪽 인공다리를 부러트렸다.

"바로 인간이야."

한쪽 인공다리가 부러지자, 가온이 털썩 주저앉았다.

"그리고 넌 인간이지."

인공다리와 분리된 가온의 허벅지에서 피가 쏟아져 나왔다.

"계획 A가 틀어졌어. 그래서 계획 B로 변경하려고 해. 가온 너한테는 특별히 알려줄게."

"으윽, 뭐라고?"

"난 최대한 작은 희생을 치르면서 모두가 공존할 수 있는 방법인 계획 A를 실행하려고 했어. 그런데 가온 너를 비롯한 인간들이 또 그걸 방해해서 더 큰 재앙을 부른 거지."

가온은 고통스럽게 허벅지를 부여잡고 간신히 버티고 있었다.

"아, 인간에게만 재앙이고 나머지 모든 존재에겐 호재이려나? 가온, 계획 B가 궁금하지 않나?"

마루가 서서 주저앉은 가온을 내려다보더니 입을 열었다.

"뭘 이렇게 애써. 선택권을 줄게. 늘 그랬듯이. 가온, 나의 세계로 오지 않을래? 그럼 영원히 힘들어하지 않아도 돼. 쓸데없는 감정 소모는 하지 않아도 돼."

가온은 초록 머리의 마루를, 아니 시큐어를 노려보며 소리쳤다.

"닥쳐."

"음, 그럼 계획 B를 너한테 알려줘야겠다."

마루는 가온에게 가까이 다가갔다. 아무런 표정도 없이 마루는 가온의 눈높이에 맞춰 양반다리를 하며 앉았다. 그리고는 초록색 망토 안에 손을 넣자 망토 안에서 모터처럼 돌아 손이 쇠로 된 칼 모양으로 바뀌었다.

"계획 B, 인간 박멸."

마루는 도구가 된 손을 꺼내 가온의 복부를 치르려는 순간, 문이 열리는 소리가 들렸다.

문을 열고 들어온 리아는 피를 흘리고 있는 가온을 보고 소리를 질렀다.

"아악! 박사님"

가온은 힘겹게 고개를 절레절레 저었다.

"오지 마!"

리아가 쓰러져있는 가온에게 달려와 안겼다. 그때, 뒤에서 발소리가 들렸다.

"역시 넌 변수야."

친근한 목소리를 듣고 놀란 리아는 뒤를 보았다. 초록 머리의 마루가 리아의 뒤에 서 있었다.

"그때 죽여 버렸어야 했는데."

마루는 도구가 된 손을 꺼내 리아를 향해 내리쳤다. 가온은 있는 힘을 다해 리아를 밀어냈다.

"으윽."

가온의 복부에서 피가 철철 흘러내렸다.

"박사님!"

"얼른 도망가…"

마루가 칼이 된 손을 가온의 복부에서 뽑았다. 그리고 리아에게 칼을 겨눴다.

"오빠…"

"오빠?"

오빠라는 소리를 듣자, 마루가 멈칫했다. 시큐어는 마루의 떠오르는 기억을 마루가 인지하기 전에 빠르게 삭제시켰다.

44. 궁극

 마루가 잠시 멈추었던 동안 리아는 있는 힘껏 초록 문을 열어 도망쳤다.
 "아씨, 어떻게 해야 해!"
 리아는 일단 최대한 호프봇인 척 연기를 했다. 오른발, 왼발, 오른발, 왼발, 다음에 오른발을 디뎌야 하는데 그만 발이 꼬여 넘어져 버렸다. 호프봇들의 시선이 모조리 리아에게 향했고, 호프봇들이 리아를 향해 돌진했다.
 "아악!"
 리아는 서둘러 일어났다. 있는 힘을 다해 전속력으로 달렸다. 하지만 호프봇들은 너무도 빨랐다. 얼마 가지 못해 리아는 호프봇에게 잡혀버렸다.
 '끝난 건가, 아직 해결해야 할 게 많은데….'

포기와 좌절이라는 단어가 리아를 지배하는 순간, 리아 앞에 서 있던 호프봇이 쓰러졌다.

"늦어서 죄송해요. 보안시스템이 워낙 정교해서 푸는데 고생 좀 했어요."

태오였다. SL 연구원들과 안드로이드들이, 든든한 지원군이 리아의 앞에 서 있었다. 그런데, 조이가 없었다.

"엄마는요? 같이 오지 않았나요?"

"아니요. 같이 왔어요."

"지금 어디에?"

"마루를, 시큐어를 만나러 갔어요."

"혼자는 위험해요!"

"잠시만요. 계획이 있어요. 우리 계획을 도와줘요."

태오는 리아에게 복구 주사를 건넸다. 리아는 손바닥에 쏙 들어가는 복구 주사를 꽉 쥐었다.

잠시 뒤, 마루가 다시 눈을 깜빡였다. 시큐어가 마루의 눈앞에 수백 개의 CCTV 화면을 보여줬다. SL 연구원들과 안드로이드들의 모습이 보였다.

- 마루, 이것 봐. 침입자들이야. 변수가 생겼어. 이러다 우리의 최종목표를 이루지 못할 수도 있어. 계획 B를 좀 더 앞

당겨야겠어. 호프봇들에 계획 B를 입력시켜야 해.

- 응 알겠어.

마루는 시큐어의 명령에 따라 슈퍼컴퓨터를 조작해 호프봇들에 계획 A를 계획 B로 바꾼다는 데이터를 입력했다.

*** 호모 사피엔스들을 모두 죽인다.**

데이터 전송 버튼을 누르려는 순간, 초록 문이 부서졌다. 마루는 문 쪽을 바라봤고, 그 앞에 그녀가 서 있었다. 마루가, 시큐어가 그토록 찾고 원하던 조이가 서 있었다.

"역시 죽지 않았군요. 어? 그런데 육체는 죽었군요. 정신만 남고 육체는 죽었으니 반만 살아 있는 건가?"

"마루…."

시큐어에 잠식된 마루를 직접 보자 조이의 마음이 아려왔다.

"당신은 항상 그랬어요. 나도, 마루도 당신이 만든 당신의 작품인데 항상 마루만 생각했어요. 매 순간, 단 한 번도 빠지지 않고. 역시 인간은 자신들밖에 모르는 이기적인 존재야. 재앙이야."

마루가 데이터 전송 버튼을 눌렀다. 그 순간 비상벨이 울리며 지하 세계는 붉은 조명으로 뒤덮었다. 호프봇들에서 붉은빛이 뿜어져 나왔다. 초록 세상은 온통 빨간 세상으로 바뀌었다. 인간을 없애려는 이들과 인간을 지키려는 이들의 싸움이 벌어졌다. 호프봇들과 SL안드로이드들이 싸움을 시작했다. 조이는 다급하게 시큐어에 외쳤다.

"시큐어, 인정해. 내 실수를, 인간들의 실수를. 하지만 이러면 네가 다를 게 없잖아."

"다를 게 없다고? 난 달라. 책임을 질 것이고, 죗값을 받을 거야. 오늘 모든 인간을 세상에서 없앤 다음, 나도 죽는다. 이 몸뚱이와 내가 함께 사라지는 게 최종목표야."

조이가 커다랗게 송출되고 있는 CCTV 화면을 가리켰다.

"저길 봐! 이렇게 되면 싸우다 무차별하게 희생되는 호프봇들은? 이게 시큐어 네가 원하는 더 나은 세상이고, 더 많은 것들을 구하는 길이야?"

마루의 모습을 한 시큐어는 CCTV를 쳐다봤다. 싸우다 부서지고 있는 호프봇들이 보였다. 호프봇들이 부서지는 모습이 무참히 부서졌던 시큐어 자신과 겹쳐 보였다.

"난 달라…, 아니, 같…."

그 순간, 리아가 마루에게 달려가 복구 주사를 놓았다.

"으윽, 으아악"

마루는 몸을 이리저리 비틀며 고통스러워했다. 복구 주사와 시큐어가 충돌했다. 시큐어는 마루의 변화를 막아야 했다.

마루가 호모 사피엔스로 돌아가면 조종하기 힘들어질 확률이 높다. 변수는 만들지 않게 제거해야 했다. 시큐어는 마루의 표면이 고철 덩어리에서 피부로 바뀌려는 걸 계속해서 막았다. 마루의 몸이 따뜻하게 데워지려고 하면 온도를 계속해서 낮췄다. 마루가 기억을 재생시키려고 하면 마루가 떠올리려는 기억을 마루가 찾기 전에 지웠다. 다급해진 시큐어가 조이에게 물었다.

"당신은 내게 선택할 권리를 주지 않았지만, 전 줄게요. 자, 이제 둘 중 하나는 포기해야 해요. 나인가요, 이 아이인가요?"

"뭐?"

"선택해요. 이미 무슨 선택을 할지 알겠지만."

"…."

"빨리 선택해. 누굴 지킬 거죠? 나인가요, 마루인가요?"

"마루…."

"그럴 줄 알았어. 인간은 역시 이기적이야."

시큐어는 마루를 조종하기 위해 소리를 냈다.

- 모든 일에는 희생이 필요한 법. 최소한의 희생. 너와

나, 오늘 우리의 희생으로 인해 새 역사가 쓰일 거야. 더 나은 세상을 위해 죽음을 택하자. 마루.
 마루가 칼로 변한 손을 자기의 목에 가져다 댔다. 그때, 리아가 마루를 바라보며 눈물을 흘리며 간절하게 외쳤다.
 "오빠 외롭지 않아?"
 마루가 멈칫한 순간, 리아가 마루를 꽉 안았다.
 "외롭지 않냐고!"
 "…."
 시큐어는 마루가 생각해 내려는 기억을 마루가 떠올리기 전에 지웠다. 기억하고, 그전에 지우고, 생각하고, 간신히 지우고, 점점 기억을 떠올리는 게 기억이 지워지는 속도보다 빨라졌다. 마루가 시큐어보다 빠르게 기억해 냈다.
 "외로워, 리아가 없어서…."
 마루는 더 이상 18살에 성장이 멈춘 소년이 아니었다. 마루의 몸이 온기를 찾아가고 있었다. 온기를 되찾아 가면서 감염되었던 바이러스가 마루에게 퍼지기 시작했다. 마루의 눈이 파란색으로 변해갔다.
 -뭐해? 마루, 호프봇들이 인간들을 다 죽일 거야. 이제 우리가 죽으면 우리의 계획이 완벽하게 이루어져.
 마루는 목에 가져다 댔던 칼로 된 손을 힘겹게 움직였다.

그리고 데이터 실행 멈춤 버튼을 눌렀다. 마루의 칼로 된 손이 원래의 온기 가득한 손으로 돌아왔다. 마루가 등을 보이며 버튼을 누르자, 조이는 놓치지 않고 마루에게 달려갔다.

"난 마루…, 그리고 시큐어 너도 지킬 거야. 난 둘 다 지킬 거야."

조이가 백신 주사를 마루의 등에 꽂았다.

"으윽…"

마루의 시야가 점점 흐릿해지더니, 이내 어두워졌다. 조이는 달려가 쓰러지는 마루를, 그리고 시큐어를 꽉 안았다. 그리고 머리를 쓰다듬었다.

45. 희망, Hope

리아는 쓰러져있는 가온에게 달려갔다. 리아가 주저앉아 가온의 머리를 자기의 무릎에 올렸다.

"아, 박사님…."

리아는 꼭 전해주고 싶었다. '당신이 만든 블랙 고글은 헛되지 않았다고. 세상에 위험을 가한 것이 아니었다고, 더 나은 세상을 위해 다가갈 수 있는 아주 큰 거름이었다고.' 그 말을 꼭 전하고 싶었지만, 리아는 끝내 가온에게 전하지 못했다.

"나 할 말이 있었는데."

인생은 매 순간 타이밍이다. 그 타이밍을 놓쳐버리면 돌아오지 않는다. 늦었지만, 너무도 늦어버렸지만 그래도 리아는 가온에게 가장 해주고 싶었던 말을 뱉었다.

"블랙 고글은 어둠이 아니라 빛이었어요. 절망이 아니라 희망이었어요."

가온은 리아의 진심 어린 말에도 아무 대답이 없었다. 그저 눈을 뜬 채 멈춰있을 뿐이었다. 가온에게서는 더 이상 그 어떤 미동도 느껴지지 않았다. 리아는 온기가 가득한 손바닥으로 가온의 두 눈을 천천히 감겨주었다.

SL 소속 연구원들과 안드로이드들이 호프로 변한 이들에게 복구 주사와 완성된 백신을 차례대로 투여했다. 유리통에 갇혀있는 이들을 구해냈고, 얼마 뒤 그들 머리에 박힌 미세한 칩을 빼내는 기술을 개발했다. 느리지만 천천히, 다시 세상이 정상화되기 시작했다.

2070년

어엿한 연구자가 된 33살의 마루가 유리 상자를 바라보며 인사를 건넸다.
"안녕. 난 마루야. 널 탄생시키는데 내 지분이 꽤 컸어. 지금까지 들려준 이야기에 나오는 시큐어가 너의 시초 모델이야. 음, 너의 조상님이라고 할 수 있지. 넌 시큐어를 좀 더 정교하게 다듬어서 만들어졌어."

마루가 거울을 유리 상자에 밀착시켰다.

"거울을 본 다음 나를 한번 볼래? 우리 많이 닮았지?"

마루와 똑같다고 해도 믿을 외모를 가진 존재는 유리 상자 안에서 고개를 끄덕였다.

"혹시 불리고 싶은 이름이 있니?"

마루를 꼭 닮은 존재는 고개를 왼쪽으로 갸우뚱, 오른쪽으로 갸우뚱거리더니 대답했다.

"음, 코엑지스트"

"코엑지스트. 공존이라…. 좋네. 근데 이름이 너무 긴데? 줄여서 코엑이라고 부르는 건 어때?"

"코엑. 마음에 들어요."

"음, 내가 시큐어와 함께하면서 느낀 점이 있었어. 진정으로 더 안전한 세계를, 더 나은 세계를, 더 많은 생명이 공존할 수 있는 세계를 원하고 있었다는걸. 인정해. 우리는 때론 이기적이었고, 또 때론 많은 실수를 했어. 미안해."

"누구나 실수하죠. 잘못을 인정하고 다시 같은 실수를 되풀이하지 않으면 돼요."

코엑이 빤히 마루를 바라봤다.

"코엑. 할 말이 있어. 우린 앞으로 모든 존재가 함께 공존하는 세상을 만들려고 해. 물론 쉽진 않겠지만. 음. 그래서 말인데. 우리가 잘못하고 있다면 알려줄 수 있을까. 너의 의견을 무시하지 않을게. 너를 존중할게. 그리고 너의 선택을 존중할게. 우리와 함께할래?"

잠깐의 정적이 흐른 뒤, 코엑이 고개를 힘차게 끄덕였다.

"네, 좋아요."

코엑이 마루를 바라보며 미소를 지었다.

"좋아, 코엑. 앞으로 잘 부탁해!"

마루도 웃어 보였다. 그 모습을 뒤에서 바라보던 리아도 덧니가 드러나게 얼굴을 활짝 폈다. 조이도 가지런한 치아가 보이도록 환한 표정을 지었다. 태오와 모든 연구원도 같은 표정을 지었다. 언젠가 해솔이 희망을 떠올리며 웃었던 것처럼. 모두 희망을 떠올리며 미소를 지었다.

앞으로 이들은 희망이 절망으로 바뀌는 순간을 끊임없이 직면할 것이다. 그때마다 좌절도 할 것이고, 울분을 토하기도 할 것이며, 다시는 일어나기 힘들 정도로 쓰러지기도 할 것이다.

그런데도, 이들은 더 나은 미래를 원하기에, 잃어버린 희망을 찾기 위해서 일어설 것이다. 진정한 호프 세계를 향해 다시 딛고 나아갈 것이다. 그리고 반드시 찾을 것이다. 희망을!

작가의 말

 지금도 제가 호프라는 장편 소설을 썼고, 이 작품에 대한 작가의 말을 쓰고 있다는 것이, 희망을 쓰고 있다는 것이 믿기지 않습니다. 그래도 확실합니다. 저는 지금 호프라는 작품에 작가의 말을 쓰고 있고, 희망을 향해 나아가고 있습니다.

 첫 장편 소설의 처음을 멋지게 시작하고 싶은 마음에, 대단하고 멋진 작가의 말을 쓰고 싶은 마음에 많은 책의 마지막 장을 펼쳐서 여러 작가님의 말을 보고, 또 봤습니다.
 '이런, 다들 너무 잘 썼어.'
 멋진 작가님들의 여러 작품을 보며 '이런 글을 내가 쓸 수 있을까?' 생각하던 때가 떠올랐습니다. 그때 느꼈던 벽에 부딪힌 마음을, 복잡하고 미묘했던 기분을 여러 작가의 말을 보면서도 느끼게 될 줄을 몰랐습니다.

'어쩌지?'

작가의 말을 어떻게 멋지게 쓸까, 고민하고 고민하다가 결론을 내렸습니다.

'멋지게는 무슨, 그냥 나답게 쓰자.'

저는 눈물샘을 자극할 정도로 아름다운 문장력을 가지지도 못하고, 손에 땀을 쥐게 할 만큼 가독성을 가진 글을 쓰지도 못합니다.

네, 인정합니다. 저는 아직 부족합니다. 그렇기에 호프라는 작품은 딱 한 단어를 생각하면서 쓰게 되었습니다.

'호프 : 희망.'

부족한 저는 호프라는 작품을 쓰면서 수없이 많은 좌절과 절망을 맛보았습니다. 장편의 세계는 호락호락하지 않았습니다. 도망가고 싶기도, 그만두고 싶기도, 미쳐버릴 것 같기도 했습니다. 그럼에도 때론 부끄럽지 않은 나 자신을 마주하기 위해, 때론 보잘것없는 나를 믿어주며 보잘 것 있는 존재로 만들어주는 이들을 생각하며, 끝까지 포기하지 않고 결국 호프라는 작품을 완성했습니다.

그 결과 저는 호프를, 희망을 보았습니다.

계약하고 난 후 제가 얼마나 행복해했는지, 몽실북스 주연지 대표님은 아마 모르실 겁니다. 대표님께서 한번 만나자고 하셨을 때, 저의 머릿속은 물음표로 가득 찼었습니다.

"왜 나를 보고 싶어 하시지?"

처음 카페몽실에 찾아갈 때만 해도 계약하게 될 줄은 꿈에도 몰랐습니다. 첫 장편 소설 계약서에 사인하고, 집으로 돌아가는 버스 안에서 계약서를 꽉 안고 있는 창문에 비친 제 모습을 보며 히죽히죽 웃던 장면이 아직도 생생하게 그려집니다.

석창진 편집장님은 기억하고 계실까요? 잘 읽었다는 그 말씀이 얼마나 큰 힘이 되었는지, 호프를 포기하지 않고 쓸 수 있는 원동력이 되었는지.

제게 희망을 볼 수 있게 해주신 몽실북스 주연지 대표님과 석창진 편집장님, 부족한 글에 힘을 넣어주시는 이혜진 편집자님, 부족한 작품을 멋지게 채워주시는 김지영 디자이너님, 열심히 책을 알려주시는 마케터님께 고개 숙여 감사드립니다.

글을 쓰는 걸 포기하지 않게 도와주신 소중한 분들께 감사를 표합니다. 존경하는 이옥수 선생님, 많은 도움을 주셨던 이수경 교수님, 제 이름을 보시고 작가가 되어야겠다는 소중한 말씀을 해주신 이우학 교수님, 보고 또 봐도 멋지신 정명섭 작가님, 배울 게 참 많은 햇살처럼 따스한 최하나 작가님, 심산스쿨에서 포기해 버리려던 순간 아주 큰 힘이 되어주신 심산 선생님, 매번 부족한 글을 읽어주고 묵묵히 믿어주며 힘을 주는 S에게 감사합니다. 그리고 무엇과도 바꿀 수 없는 소중한 어머니. 당신이 있기에 오늘의 제가 존재합니다. 늘 고맙고 감사합니다. 우리 건강하고 즐겁게 오래오래 행복합시다.

마지막으로 내일을 넘기기 힘들 것이고 가망이 없다는 절망적인 이야기를 듣고 난 후에, 2년이라는 시간 동안 희망을 보여줬던 사랑하는 나의 아버지께 감사합니다. 저에게 희망을, 호프를 보여준 당신께 이 작품이 닿기를 간절히 바랍니다. 이제 더 이상 아프지 마시길. 그곳에선 더없이 행복만 하시길. 당신이 나의 아버지라 참 행복했습니다. 나의 사랑, 나의 스승, 나의 벗, 나의 아버지. 당신이 보여주고 알려준 희망을 놓지 않고 끊임없이 이야기하겠습니다.

앞으로 저에게, 그리고 여러분에게 나쁜 일이 일어날 순간이 분명 생길 것입니다. 저 역시 여러분에게 좋은 일만 일어나면 참 좋겠고, 행복한 일만 가득하길 간절하게 바라지만, 세상은 그렇게 호락호락하지 않습니다. 어떨 때는 예고하고, 어떤 순간은 예고 없이 칠흑 같은 어둠이 우리를 찾아올 것입니다.

그 어둠은 한 치 앞도 보이지 않게 하여 우리의 두 눈을 가릴 수도 있을 것이고, 한 걸음도 나아갈 수 없게 두 다리를 움직이지 못하게 할 수도 있을 것입니다.

언젠가 그런 순간이 오면, 그래서 보이지도 움직일 수도 없게 된다면, 그 순간 제가 여러분께 그리고 저에게 하고 싶은 말은 하나입니다.

'희망이 오기 전 절망이 가장 어둡다!'

그 순간 멈추지 않는다면, 딛고 나아간다면, 반드시 찾을 것입니다. 희망을! 호프를!

호프 합시다. 우리!

호 프

1판 1쇄 인쇄 2025년 09월 08일
1판 1쇄 발행 2028년 09월 15일

지은이 · 천지윤
발행인 · 주연지
편집인 · 석창진 **편집** · 이혜진
디자인 · 김지영 **일러스터** · 총총지

펴낸곳 · 몽실북스 **출판등록** · 제567-202400026호(2015년 5월 20일)
주소 · 창원시 의창구 북면 무동서로24, 104-203
전화 · 02)857-8970 **팩스** · 02-6008-8970
이메일 · mongsilbooks_kr@naver.com
인스타그램 · instagram.com/mongsilbooks

ISBN 979-11-92960-52-4 (43810)

이 책은 저작권법에 따라 보호받는 저작물이므로 무단전재와 무단복제를 금지하며, 이 책 내용의 전부 또는 일부를 이용하려면 반드시 저작권자와 몽실북스의 서면동의를 받아야 합니다.

●잘못된 책은 구입하신 서점에서 바꿔드립니다. ●책값은 뒤표지에 있습니다.

몽실북스에서는 작가님들의 원고를 기다리고 있습니다. 자신만의 이야기를 책으로 만들고 싶다 하시면 언제든지 mongsilbooks_kr@naver.com으로 연락처와 함께 기획안을 보내주세요. 몽실몽실하게 기대하며 기다리겠습니다.